COLLECTION FOLIO

Tonino Benacquista

Nos gloires
secrètes

Gallimard

Après avoir exercé divers métiers qui ont servi de cadre à ses premiers romans, Tonino Benacquista construit une œuvre dont la notoriété croît sans cesse. Après les intrigues policières de *La maldonne des sleepings* et de *La commedia des ratés*, il écrit *Saga* qui reçoit le Grand Prix des lectrices de *Elle* en 1998, et *Quelqu'un d'autre*, Grand Prix RTL - *Lire* en 2002. *Nos gloires secrètes*, recueil paru en 2013, a reçu le Grand Prix SGDL de la nouvelle 2014 et le prix de la Nouvelle de l'Académie française 2014.

Scénariste pour la bande dessinée (*L'outremangeur*, *La boîte noire*, illustrés par Jacques Ferrandez), il écrit aussi pour le cinéma : il est coscénariste avec Jacques Audiard de *Sur mes lèvres* et de *De battre mon cœur s'est arrêté*, qui leur valent un César en 2002 et en 2006. *Malavita* (2004) a été adapté au cinéma en 2013 par Luc Besson avec Robert De Niro, Michelle Pfeiffer et Tommy Lee Jones dans les rôles principaux.

Pour Catherine S.

Meurtre dans la rue des Cascades

Je suis l'homme de la rue.

Pour le prince, je suis la plèbe. Pour la vedette, je suis le public. Pour l'intellectuel, je suis le *vulgum*. Pour l'élu, je suis le commun des mortels.

Ah la belle condescendance des êtres d'exception dès qu'il s'agit de parler de moi ! Leur précision d'entomologiste quand ils évoquent mes goûts et mes mœurs. Leur indulgence pour mes travers si ordinaires. Souvent je leur envie ce talent de ne jamais se reconnaître dans *les autres* ni *les gens*. À travers leur bienveillance, je sens combien ma médiocrité les rassure. Que serait l'élite sans sa masse, que serait la marge sans sa norme ?

Suis-je donc si prévisible aux yeux du penseur qui sait tout de mon instinct grégaire, de ma vocation à n'être personne, de mon étonnante attirance pour les heures de pointe ? Suis-je à ce point discipliné que jamais je ne me perds dans le grand labyrinthe du savant ? Suis-je si dépourvu d'amour-propre que je m'accommode du bâton dans l'espoir d'une carotte ? Suis-je si prompt à rire ou pleurer dès qu'un artiste se sent inspiré ? Suis-je si triste et sombre que je m'emploie à désespérer le poète ? Suis-je si lâche que j'attends le hurlement des loups pour y mêler le mien ?

Vous, êtres lumineux, qui osez partir en croisade, prendre les chemins de traverse, parler à l'âme, haranguer les foules, vous qui faites tourner un monde que l'homme de la rue se contente de peupler, savez-vous qu'à force de parler en son nom, de le réduire à une espèce bêlante, de nier son individu, vous l'avez, ô ironie, contraint au bonheur ? Car comment accepter d'être privé d'un destin exceptionnel sinon en étant bêtement heureux, simplement, platement, naturellement heureux ? Heureux comme seul un homme de la rue sait l'être, affranchi du devoir de surprendre, du besoin d'être admiré. Et ce bonheur anonyme, patient, le guérira peut-être de n'avoir pas vécu ce quart d'heure de gloire que le xxᵉ siècle lui promettait.

J'ai menti. Je ne suis pas l'homme de la rue.

Pendant près de cinquante ans, j'ai tout fait pour en devenir un et cacher à ma famille une terrible vérité. Pour eux j'étais cet être ordinaire, époux aimant, père honnête, incapable de mentir ou de garder un secret. Quelle duplicité ! Comment ai-je pu les berner si longtemps ? Dans le sens littéral du terme, je suis un mythe. *Un personnage ayant une réalité historique mais transformé par la légende.* On a écrit tant de pages sur moi, naguère. J'ai été au centre de toutes les conversations. On m'a cherché à tous les coins de rue. J'en aurais signé, des autographes, si le monde avait su qui j'étais vraiment.

La nuit dernière, la femme que j'ai tant aimée est morte, et plus rien ne me retient de rendre publique mon imposture.

Témoin, des jours entiers, de sa douleur, de son renoncement, de ses colères, j'ai crispé ma main sur la sienne pour absorber un peu de son mal mais, faute de détenir ce pouvoir-là, il m'a fallu attendre, attendre, attendre, inutile, impuissant, jusqu'à cet instant d'apaisement qui nous a surpris tous deux ; sa respiration s'est fait oublier, ses membres n'ont plus lutté, et j'ai vu se dessiner sur ses lèvres un sourire énigmatique, envoûtant, destiné à elle-même : *Ça y est, je suis prête.* À nouveau complices, nous avons échangé, dans cette langue que tissent les vieux couples, des messages codés, indéchiffrables, où les abréviations, soupirs, points de suspension révèlent souvenirs et anecdotes. Pour la toute dernière fois, elle a joué celle qui connaît si bien son bonhomme, et s'est inquiétée des gestes que j'étais incapable d'accomplir seul — en quarante-sept ans de vie commune ils s'étaient multipliés sans que j'y aie pris garde. Je l'écoutais à peine, prêt à lui voler sa dernière heure, tenté de tout lui révéler de ma seconde vie. Une image m'a retenu à temps, celle de ma bien-aimée me maudissant outre-tombe, grattant les parois de son cercueil

pour s'en évader et venir m'arracher les yeux
d'avoir tu un secret bien plus fort que notre amour.

À l'aube, elle s'est éteinte en me soufflant sa dernière volonté :

Promets-moi de te rapprocher de lui.

Lui, c'est notre fils unique, qui attendait derrière
la porte.

Sans avoir d'autre choix, j'ai acquiescé des yeux.
Mais comment se rapprocher d'un être qui jamais
ne s'est éloigné ? Pas une fois il ne m'a manqué de
respect ni ne m'a fait honte auprès des voisins. Il ne
rate aucun de mes anniversaires, n'oublie jamais la
fête des pères. Il me voue une affection nuancée, je
le sens quand nous nous embrassons lors des occasions officielles : au moment où je tends les joues,
ses mains m'enserrent les bras comme pour briser
mon élan vers lui. Ensuite il me demande des nouvelles de ma santé, moi de son travail. Il ne se doute
pas qu'il a cessé de m'aimer depuis longtemps. Si
on lui posait la question, il s'indignerait : *Mais,
c'est mon père !* Et moi, je saurais dater avec précision le jour où je n'ai plus été le héros de mon re-
jeton.

Juillet 1979, l'année de ses treize ans. Pour la
première fois il ne part pas en vacances avec nous,
les parents d'un copain l'invitent à descendre en
Italie. Je le dépose devant un cabriolet rouge prêt à
sillonner les routes du Sud, et je salue celui qui va
veiller sur l'équipage, un homme de mon âge mais
paraissant bien moins, vêtu d'un jean râpé et d'un

blouson en cuir vieilli qui lui donnent l'air d'un aventurier — du reste c'en est un, il est ingénieur des Ponts et Chaussées, il bâtit digues et barrages pour assécher les marais et irriguer les déserts. Peu curieux mais bien élevé, il me demande ce que je fais dans la vie, et pour ne pas répondre *représentant placier en outillage*, je dis que je suis *dans l'acier*. Il ne demande aucune précision. *Ne vous inquiétez de rien, je vais garder l'œil sur nos deux canailles.* Son bolide tourne le coin de la rue et, à cet instant-là, je sais que plus jamais je ne reverrai l'enfant qui, la veille encore, m'interrogeait sur l'immensité céleste comme si j'en connaissais l'origine.

À son retour, je découvre un jeune homme passionné de Renaissance italienne, capable de se raser comme un grand, et fier de sa première cuite à la grappa. Il veut faire des études d'urbanisme et je n'ose lui demander ce que ça recouvre. Dès lors, chaque fois que je lui proposerai une activité commune, je lirai dans ses yeux que l'essentiel est ailleurs.

Promets-moi de te rapprocher de lui.

Cette nuit, j'ai promis l'impossible mais, dès demain, le vieillard va redevenir aux yeux de son fils un homme comme aucun autre. Je ne demande ni son estime ni sa compassion, je veux lui faire regretter son indifférence polie, retrouver dans son regard les étonnements de l'enfance. Je n'aurai pas même un effort de mémoire à fournir, la vérité ne demande qu'à sortir, puisqu'elle est là, toute prête, trop à l'étroit dans cette caboche qui la mijote depuis un demi-siècle.

*

En 1961, on construit à Berlin un mur qui, selon certains, va faire de l'Est un enfer bureaucratique et de l'Ouest un empire décadent. Youri Gagarine, le premier homme lancé dans l'espace, est sans doute le seul à prendre assez de hauteur pour imaginer un monde ainsi partagé. Il fait chaud, en France, cet été 61, les crus de bordeaux vont être exceptionnels dit-on déjà. *Les canons de Navarone* sort sur les écrans, on twiste à Saint-Tropez, et un curieux fait divers survenu dans Paris agite les gazettes. Le 17 juillet à trois heures du matin, au 91 de la rue des Cascades, XXᵉ arrondissement, le corps d'un homme tombe du ciel et crève la verrière d'un ancien atelier d'artiste où vit une starlette qui commence à faire parler d'elle. Pendant qu'elle s'endort doucement sur un canapé aux côtés de son amant, elle voit ce corps s'écraser à ses pieds dans une pluie de verre.

Les juillettistes s'ennuient sur les plages et les aoûtiens piaffent de les remplacer. Le « Meurtre de la rue des Cascades » fait la une des journaux qui remplissent leurs colonnes de contre-enquêtes, de révélations. Dans les rues, les bistrots, les campings, tout le monde y va de sa version : le feuilleton de l'été passionne la France entière.

En 1961, le monde avance sans moi. À vingt-huit ans, je parviens à éviter à la fois la guerre d'Algérie et le progrès en marche. Je me crois jeune, je ne suis que fainéant. Je me prétends anarchiste mais me contente de fuir le monde du travail. Un cousin me prête une cabane au fond de son jardin, dans une banlieue ouvrière. Parfois il passe me dire qu'on embauche à l'usine mais je fais semblant de dormir. Le soir, je traîne entre Montparnasse et Montmartre à la recherche de tablées d'artistes, curieux de vérifier si cette bohème parisienne existe bel et bien ou s'il s'agit d'une image d'Épinal. Faute d'un talent qui m'autoriserait une posture, faute de posséder un charisme de salonnard, je ne m'insère dans aucun cercle et migre dans des quartiers populaires. Mais mon oisiveté ne m'attire que méfiance car les pauvres, prompts à repérer le parasite, devinent ma profonde aversion pour l'effort. Dès lors je continue de chercher ma place là où elle n'est pas. Quand je n'ai plus de quoi payer le prix de mes errances, je décroche une de ces pancartes qui, en cette ère d'expansion, peut éviter la misère à celui qui s'en donne la peine. *4 magasiniers demandés. On recherche garçon de salle. Journaliers, s'adresser ici.* J'obéis alors au rythme naturel du travailleur, chaque matin ma main agrippe la barre du métro, chaque soir je m'écroule en priant pour que la nuit soit longue. Quand j'ai trois sous en poche, j'essaie d'attirer une dactylo derrière une nappe à carreaux pour la griser de kirs. Si elle s'esquive au moment du dessert, je me console en remontant vers Pigalle, bien décidé à éviter les pièges qui attendent l'homme ivre dans les rues chaudes de la capitale. J'en étais là, ce 17 juillet 1961, à cette heure de la nuit où les dieux de la perdition se montrent si aimables.

Car l'homme ivre tombera dans d'autres pièges que ceux auxquels il s'attend. Au lieu de me faire plumer dans une boîte de strip-tease, au lieu de sortir d'un hôtel borgne la queue entre les jambes, je me retrouve assis à vingt mètres de hauteur sur les tuiles rouges d'un immeuble, tout occupé à comparer mes petits malheurs avec ceux d'un parfait inconnu. J'ai pu, les jours suivants, malgré la grande aptitude de l'ivrogne à oublier les épisodes peu glorieux, reconstituer l'enchaînement de circonstances qui m'a conduit jusque-là. Mais quoi qu'il arrive, les raisons de se retrouver la nuit sur un toit, la bouteille à la main, sont rarement recevables.

Tout avait commencé dans un bistrot de la place Blanche où j'avais croisé le verre avec un bon à rien de mon espèce. Et quand deux types esseulés font connaissance à un comptoir, une sorte de théorème se vérifie toujours : quelle que soit l'entrée en matière, la météo, Brigitte Bardot ou la DS 21, on aboutira invariablement à cette chienne de vie qui n'épargne personne. Que le bavardage ait lieu aux antipodes ou au coin de la rue, il suivra toujours cette universelle progression qui va de l'anecdote à la terrible condition humaine. Dès lors, il est trop tard pour fuir : la fraternisation devient inévitable.

Au moment de l'addition, le bougre m'avoue n'avoir pas un sou et me propose de lui avancer l'argent puis de repasser chez lui afin de me rembourser. S'attend-il à un geste de solidarité — soûlographes de tous les pays, rincez-vous ! — ou s'agit-il d'une invitation à poursuivre ailleurs nos brillants échanges ? N'ayant pas l'ébriété généreuse, j'accepte sa proposition.

Depuis, ces 57 francs n'ont cessé de me hanter comme Judas ses trente deniers. 57 francs de l'époque, tout au Pernod puis au Byrrh. Certes quelques piliers de comptoir avaient réussi à s'inclure dans les tournées, mais nous avions bu à deux l'essentiel de ces 57 francs, autant dire trois jours de manutention dans une fabrique de meubles, trois jours de ma vie à bouffer de la sciure. Tout autre que moi, zigzaguant hors du bistrot, aurait lâché prise et serait rentré se coucher, mettant un terme à une belle camaraderie de pochards qui, sortis de leur gueule de bois, se seraient évités dans la rue. Mais cette idée funeste de récupérer ne serait-ce que la moitié de la somme vire à la profession de foi : l'ivrogne voit dans son obstination un symbole d'exigence, et dans sa mesquinerie l'expression de son amour-propre. Le pauvre gars prend mon opiniâtreté comme le gage de notre amitié naissante. Nous remontons le boulevard de la Chapelle

comme deux assoiffés errant dans un désert de ténèbres.

Sur les hauteurs de Belleville, au 14 rue de l'Ermitage, son immeuble est croulant, désert, on n'y
décèle aucune trace de vie, peut-être s'agit-il d'un
squat voué à la démolition. Il nous faut enjamber de
petits monticules de gravats avant d'atteindre, au
sixième, une soupente qu'il éclaire en trifouillant
un câble électrique : un matelas à même le sol, un
réchaud, des conserves. Un endroit qui, à jeun,
m'aurait fait fuir, comme il aurait fait fuir un égor-
geur ou un huissier, mais fin soûl tant de vétusté
m'apparaît comme le vrai cachet des combles pari-
siens. De sous un tabouret il tire une bouteille en
verre dépoli, de la mirabelle artisanale, qu'il me
propose d'aller vider sur le toit pour *connaître
l'ivresse des sommets*, dit-il. Assis sur un tapis de
tuiles encore chaudes, nous alternons goulées de
gnôle et bouffées de tabac gris, puis s'engage entre
nous un concours de désespérance où chacun se
veut le champion de la poisse. On revisite à la
baisse notre belle jeunesse pour en faire un chemin
de croix, on geint en canon, porte-parole de tous les
crevards de la terre. Pendant qu'il fait rimer vaga-
bond et moribond, je déclame ma vie comme une
tragédie antique, je suis la scoumoune faite homme,
ah ça non, rien ne m'a été épargné ! (Si j'avais su,
ivre mort, suspendu à vingt mètres du sol, que je
vivais là mes derniers instants d'insouciance. Ô
jeunesse ennemie. C'est celui qui pense ne rien

posséder qui a tout à perdre.) À ce jeu-là, le gars, bien meilleur que moi, parvient à rendre sa misère incandescente. Il s'agite, beugle, scande la cruauté du sort, convoque le destin en personne. L'esprit embrumé par cet alcool du diable, prêt à porter tous les malheurs du monde sur mes seules épaules, je me laisse gagner par les imprécations de mon hôte, son drame devient le mien. *Ma sœur aime trop l'argent !* ressasse-t-il, *Ma sœur aime trop l'argent !* Il ajoute fort peu de détails, tout semble contenu dans un même cri : *Ma sœur aime trop l'argent !* Brûlant d'empathie, je le crois sur parole : y a-t-il pire malheur au monde qu'une sœur qui aime l'argent ? Moi qui n'ai eu que des frères, je n'ose imaginer combien j'aurais aimé cette sœur, et combien elle m'aurait meurtri si elle avait fait passer sa vénalité avant moi, ah ma sœur, ma petite sœur ! Après une énième gorgée, notre ivresse franchit son point de non-retour et, pendant qu'il soliloque sur sa maudite cadette, l'abattement me gagne, l'emporte sur ma compassion. En cherchant la force de regagner la terre ferme, une dernière révélation me saisit : les incantations de tous les poivrots de la terre sont autant de prières mystiques pour hâter, avant qu'ils ne meurent, une ère d'harmonie universelle.

Mais après avoir entrevu un monde meilleur, quel besoin ai-je de revenir dans le nôtre, bien plus pragmatique, en demandant à mon compère la moitié de 57 francs, arguant que les bons comptes font les bons amis.

Au regard qu'il me renvoie, je viens de commettre une irréversible erreur. Il atteint ce moment tant redouté où le pochard, dévoré par la fièvre, se retrouve à la croisée de deux chemins : l'un conduit à la réconciliation, l'autre à la guerre. Et c'est le second qu'il emprunte.

Tout à coup, je suis le bouc émissaire de toute son infortune. J'ai le culot de lui réclamer de l'argent comme sa sœur elle-même n'aurait osé le faire, lui qui s'est confié à moi, lui qui m'a ouvert la porte de son repaire, m'a offert la plus belle vue de Paris et m'a invité à partager l'alcool de son pays. Mon bégaiement d'ivrogne a disparu, je lui rappelle que l'on peut glisser à tout moment de ces putains de tuiles branlantes et se retrouver sept étages plus bas. Nous allons donc retourner à pas mesurés vers la petite échelle qui mène aux combles, et de là il pourra regagner sa chambre, moi la rue, et j'oublie la somme misérable que j'ai eu l'indélicatesse de lui réclamer.

Je ne me doute pas que cet appel à la bonne volonté est pire qu'un crachat au visage. Je viens de lui parler comme à un malade mental, j'ai employé le ton condescendant des grands patrons de la psychiatrie qui l'ont interné pour son bien. Désormais, plus personne n'a le droit de lui parler comme à un fou, on ne le regardera plus jamais comme un fou, car plus personne ne lui dira ce qui est bon pour lui en prenant le ton de celui qui s'adresse à un fou. Ou pire, à un enfant. Pendant ses vitupérations, il s'in-

terpose entre la trappe et moi, s'empare de la bouteille d'eau-de-vie, mais à la manière dont il enserre
le goulot dans son poing, ça n'est pas pour en
prendre une ultime gorgée. Plus forte que le vertige, sa rage me terrifie. J'esquive un coup de bouteille en pleine tête, tente une fuite par les airs, je
m'agrippe aux cheminées, enjambe un renfort de
tôle pour gagner le toit d'un immeuble voisin. Un
instant je me sens tiré d'affaire. Dans la pénombre
je devine tant d'autres toits, d'échelles, de portes,
de trappes, l'une d'elles va bien me sortir de ce
cauchemar. Mais le cauchemar me poursuit, me
fonce dessus, me roue de coups de pied, je ne sais
plus si ce pourri veut juste me botter le cul ou me
faire chuter ! Au passage je lui saisis la cheville, ses
bras battent l'air, je le lâche, il roule à terre et disparaît dans la nuit.

Au lieu d'un râle de terreur, je perçois un gémis-
sement d'animal pris au piège.

À plat ventre je rampe sur la tôle, regarde en
contrebas : son corps est suspendu au-dessus du
vide, je ne vois pas son visage, juste ses doigts
agrippés à une gouttière.

Seule l'ivresse, la grande ivresse, sait distordre le
temps, l'étirer à n'en plus finir, inhiber tout état
d'urgence. Cet instant-là a duré moins d'un souffle,
et pourtant j'y ai trouvé le temps d'instruire un interminable procès.

Craquements de métal. La gouttière va céder
sous son poids. Une voix confuse s'adresse à moi,

elle devrait vibrer plus fort que tout et pourtant elle peine à se faire entendre : *Cet homme qui va mourir est ton frère.* Il suffit de tendre la main pour donner la vie et non la mort, c'est ainsi depuis la nuit des temps. Mais voilà que mon frère se met à brailler comme un veau ! Il va réveiller le quartier, ce con ! Il faut le faire taire ! Ses cris ravivent ma peur et ma peur vire à la rage ! *Je t'aurais peut-être tendu la main, fumier, si tu ne m'avais pas volé 57 francs, si tu ne m'avais pas hurlé dessus, si tu ne m'avais pas frappé, si tu ne m'avais pas collé une trouille noire !* La rage de l'homme épouvanté ne connaît aucune limite, elle peut détruire des villes entières, anéantir des armées, saigner le cœur du tyran. La petite voix qui murmurait en moi s'estompe sous les beuglements de ce salaud-là. Pas question de le hisser à nouveau parmi les vivants. Qui sait s'il ne va pas, lui, me faire passer par-dessus bord ?

Une lumière s'allume dans un immeuble alentour, des volets s'entrouvrent.

Mon talon s'écrase, et s'écrase, et s'écrase, jusqu'à ce que ses doigts lâchent prise.

Fracas d'un corps qui crève des carreaux.

Un ouragan de cristal.

Je fous le camp. Des boucles d'acier scellées dans la pierre m'aident à rebrousser chemin, j'agrippe à nouveau les cheminées, retrouve la trappe qui mène à sa soupente. Je me souviens d'avoir remonté le col de mon blouson en dévalant les étages dans le noir, la main sur la rampe. Autant dire vingt mètres d'empreintes digitales laissées en partant. Pendant ma fuite, j'ai peur qu'un obstacle se dresse devant moi mais le danger arrive par-derrière, car l'ennemi est déjà à mes trousses, invisible et plus tenace que toutes les polices du monde. J'ai beau avoir rejoint la rue sans croiser âme qui vive, il est là, me colle aux épaules, et j'aurai beau courir vite, il se glissera dans mon ombre pour ne plus me quitter. Je cherche un cul-de-sac, un terrain vague, un trou pour y vomir, mais je passe d'un réverbère à un autre et jamais les ténèbres n'ont été plus criardes. Un reste d'ivresse me protège encore mais bientôt je vais devoir affronter seul l'ignominie. D'ici là, gagner du terrain, sans courir, résister au cri des grilles de métro qu'on ouvre sur mon passage, refuser de m'y engouffrer. Quelque chose me dit que si j'ai la force de rejoindre mon cabanon à pied, sans me livrer à la police, sans me jeter dans la Seine, j'ai peut-être une chance. La route sera longue et périlleuse mais je dois la parcourir seul et sous la lumière, c'est à ce prix que je resterai invisible.

Je cligne des yeux dans l'aube naissante, je croise des travailleurs, les plus matinaux, les plus courageux, ils s'y précipitent, eux, dans le métro, c'est un jour de turbin comme un autre, ils ne se doutent de rien, les inconscients, les irresponsables.

À un carrefour, j'hésite sur le chemin à emprunter, mon cœur se tétanise, je m'effondre sur un banc, je halète comme un chien malade, la force me manque déjà. Le pire est à venir.

Et pourtant personne ne se met en travers de mon chemin. À se demander si j'ai seulement tué ! Après tout, j'ai juste donné un coup de talon comme on écrase un cafard, on ne va pas me persécuter pour ça. Laissez-moi seul avec ma conscience, je me débrouillerai avec elle, on verra bien lequel de nous deux est le plus fort.

Au jet de bile que je vomis tout à coup, je sais déjà lequel est le plus fort.

Place de la République, des enfants surgissent des portes cochères. J'éclate en sanglots au milieu des passants. Pourquoi ai-je fui, nom de Dieu ? L'accident, c'était jouable. Querelle de pochetrons qui tourne vinaigre. Dans Paris, il y en a mille par nuit. D'autant que j'ai connu un précédent. Une embrouille qui avait commencé rue des Archives pour se terminer au grand dépôt du Quai des Orfèvres, haut lieu des hurlements bachiques. On s'est réconciliés vite fait, l'autre plaignant et moi, par peur de se voir transférés ailleurs. Au lieu de me sauver comme un coupable, j'aurais dû attendre la police, exiger qu'on la prévienne, je suis assez bon acteur pour ça. Avec l'alcool que j'avais dans le sang, on n'aurait pas tiré grand-chose de moi : *J'ai rien vu, j'étais au bord du collapsus, ce con-là ne marchait plus droit, déjà sur la terre ferme il tanguait, il chutait même, alors imaginez sur un toit en pente.* On m'aurait cru, rien que pour retourner vers

des affaires plus sérieuses qu'une dégringolade
d'alcoolique. Si j'avais été moins lâche, à cette
heure-ci je serais au commissariat, dans une cellule
de dégrisement, attendant d'être interrogé par un
type déjà fort occupé à séparer les crimes des délits.
Avant la fin de la matinée, on m'aurait foutu dehors. Et afin que la gueule de bois me serve de
leçon, on m'aurait laissé la tête sur les épaules.

En remontant l'île de la Cité, j'aperçois au loin le
palais de Justice et ses flics en faction. Un comité
d'accueil. *Monsieur l'agent, les assises c'est bien
ici ? Oui à gauche au bout du couloir.* Quand je
veux prendre la tangente, l'église Notre-Dame se
dresse soudain devant moi. Me voilà coincé entre
deux cathédrales sans savoir laquelle j'ai le plus à
craindre. La loi du Code civil me semble maintenant bien désuète en comparaison de cette autre
qu'on trouve dans les Écritures, que j'ai toujours
raillées, moi, l'impie, le blasphémateur. Où est passée ma belle arrogance d'athée, celle que j'affichais
durant les cours de catéchisme ? L'enfer, c'était des
fresques, des ciselures aux frontons des églises, des
histoires à faire peur à nos ancêtres, mais nous, enfants de la guerre, avec l'an 2000 en perspective, on
était hors d'atteinte. Je traverse le parvis la tête
basse, persuadé que parmi tous les témoins qui,
cette nuit, auraient pu m'apercevoir sur ce toit, l'un
d'eux m'épiait de bien plus haut encore.

En longeant le Quartier latin, je cesse de ruminer
la stupide thèse de l'accident ; après une batterie

d'analyses, on aurait vite fait le lien entre mes semelles et ses phalanges écrasées, sans parler de tous ces braves gens réveillés à cause du tapage nocturne, prêts à jurer m'avoir vu tendre le pied et non la main. On m'aurait demandé de reconstituer le scénario, et là, à mesure que mon sang se serait purgé de ses 45°, on aurait pointé quelques incohérences. Et moi je suis le genre de type à m'allonger à la première taloche. Un coup de bottin et j'aurais raconté la vraie histoire. Après tout, laquelle est-ce ? Elle commence quand ? Hier, dans un bistrot de Pigalle, quand j'ai croisé ce mauvais coucheur ? Ou bien avant, dans une maternité de la Butte aux Cailles ? Il paraît que là aussi j'ai geint à la première taloche.

Je ralentis le pas devant un café de la gare d'Austerlitz où j'ai parfois traîné. Me prend la tentation de retrouver une place parmi mes semblables. Boire le café du matin comme l'homme de la rue. Sourire au barman, mutique mais bon gars. Saisir au coin du zinc le journal encore frais, jeter un œil à la météo qui annonce 28 à Paris. Reluquer les jambes de la serveuse qui sert des tartines en salle. Se laisser tenter par une cigarette, mêler son arôme à celle du café, ne sont-ils pas faits l'un pour l'autre ? Demander du feu au premier venu, qui craquera lui-même l'allumette pour le plaisir d'être serviable, sans savoir ce qu'il risque : la dernière fois que j'ai sympathisé avec un voisin de comptoir, il en est mort.

La gamberge repart de plus belle, elle s'affole, tourne en rond, comme moi dans les rues du XIIIe. Je cherche un raccourci que j'ai emprunté cent fois, la nuit, quand les transports en commun m'ont laissé en rade.

Ce n'était pas un accident, c'était... de la légitime défense ! Parfaitement !

Après tout, l'agresseur c'était lui, nom de Dieu ! Moi je voulais calmer le jeu et lui voulait me tuer, c'est la putain de vérité, me tuer ! C'était lui ou moi. Légitime défense, je vous dis ! Je me raccroche à ces deux mots comme l'autre salopard à sa gouttière.

Et comme lui je lâche prise.

J'ai fui, ça vaut tous les aveux. J'ai fui comme je fuis tout, par peur des complications, voilà la réalité, inconcevable tant elle est simple : je n'ai pas pris conscience du drame qui se jouait mais du bruit qu'il allait engendrer. Alors j'ai tourné les talons comme on le fait quand on s'est engagé dans une impasse.

Passé le moulin d'Ivry, je coupe par le cimetière. Au milieu des sépultures, l'oppression se relâche. Elles me rappellent la vanité des choses, car tout se termine là, à ras du sol, de si haut que l'on tombe. Les morts se foutent bien de mon forfait, j'ai juste rajouté un membre à leur confrérie. Bientôt je serai des leurs, la vermine mangera le misérable que je suis, mes cendres se mêleront à la terre, tout sera oublié. Je traverse cette mer de pierre et de marbre, mais le soleil, hier d'une douceur extrême, ne donne plus aux choses leurs meilleurs reflets, ne réchauffe plus les ardeurs. Je comprends tout à coup qu'on va me *mettre à l'ombre*, et pour long-temps. Pourquoi n'ai-je pas tué au cœur de l'hiver, quand le froid engourdit les consciences, quand la mélancolie affleure au moindre geste, quand l'averse lave tout derrière elle. En hiver, je n'aurais jamais grimpé sur ce toit pour tenter d'embrasser Paris d'un seul regard. En hiver, on reste modeste, et tout le monde est un peu vieux.

Je me revois traversant ce cimetière sous le so-leil, et je peux affirmer que ce moment-là fut unique de douleur, une pure torture de l'âme, avec tenailles et aiguillons. Je n'avais pas encore réalisé ma très grande faute que déjà la mort me semblait la seule délivrance. Je me serais jeté dans une fosse pour me laisser avaler par les entrailles de la terre. J'ai souffert à en oublier lequel de mon défunt salaud ou moi était le véritable martyr.

En gare d'Ivry, un train m'ouvre ses portières, direction chez moi. Au dernier moment je redes-cends à quai. La stratégie qui consiste à ne pas me mêler à la foule, à rentrer à pied, m'a porté chance jusqu'ici. Je longe les rails, une longue bande de terre recouverte de gravier, une interminable ligne droite. Les chevilles me brûlent, je vais m'effon-drer avant d'atteindre la prochaine gare. Je comprends maintenant pourquoi on appelle les étapes d'un chemin de croix des *stations*. Les voyageurs impassibles, le front collé à la fenêtre, me prennent pour un suicidaire. Mes dernières forces me quittent, j'en oublie la peur et le remords. Le souffle des wagons déporte mes pas. Je crains de terminer la route à genoux, une pénitence. Au loin, j'aperçois enfin le panneau de la gare de Vitry. Je traverse à contre-voie pour rejoindre le quartier pavillonnaire de mon cousin, passe par le chantier d'un immeuble en construction, les grues, les moteurs, le bruit que je vais devoir nier si je veux trouver l'oubli. Donnez-moi quelques heures et dès mon réveil je vous tendrai mes poignets sans faire d'histoires, j'avouerai, je dirai oui à tout, je signerai au bas de ma déposition, je demanderai pardon devant la cour, je regagnerai ma cellule, je paierai ma dette, mais d'ici là foutez-moi la paix.

*

De fait, elle m'a foutu la paix, la justice des hommes. Un demi-siècle durant j'ai senti son ombre planer, j'ai cru l'entendre au bout du couloir, je l'ai repérée à chaque coin de rue, frôlée cent fois. Aujourd'hui je peux affirmer que la peur de la sentence est bien pire que la sentence. D'autres l'ont dit avant moi, et bien mieux, des penseurs, des causeurs, des moralisateurs, mais aucun de ces braves gens n'a fait un détour de cinquante ans pour aboutir à cette conclusion. Oh ça oui, des allégories on peut en trouver, on peut relire les classiques, on peut se rassurer à l'idée qu'on se fait toujours rattraper, que le petit flic qui veille au fond de soi gagne à la fin.

Comme j'aurais aimé que tout soit aussi simple.

*

Le 17 juillet, à l'heure où la France passe à table, la radio allumée pour le journal du soir, je reviens à moi, étendu sur ma paillasse. J'erre encore un peu dans la pénombre, je cherche la sortie du tunnel, je distingue des doigts accrochés à la tôle, ils crissent sous mes talons comme des insectes, c'est infesté, ça grouille.

À peine ai-je ouvert l'œil qu'une main invisible me broie le crâne. La gueule de bois de l'homme qui a tué est d'une qualité toute particulière, que seuls sauront apprécier ceux qui ont tué, les autres ne comprendront jamais le début d'un pareil état. Inutile de comparer avec vos pires matins, la cervelle vrillée par le remords, prêt à jurer qu'on ne vous y reprendra plus. L'homme qui a tué n'a plus cette option-là, il lui reste l'espoir de faire tourner la Terre à l'envers pour remonter le temps et rectifier la fatale petite seconde. Faute d'y parvenir, il voudra se planter un pieu dans le cœur.

Je passe la main sur mon ventre, là où ce matin une bataille faisait rage. La douleur s'est atténuée mais j'éprouve une curieuse sensation de dureté, comme si mes boyaux s'étaient solidifiés en plomberie d'évier. J'ai beau me frapper l'abdomen, ma main cède la première. Si j'avais eu des tripes en béton, je l'aurais su bien avant de commettre un assassinat.

Prostré sur mon lit de souffrance, une odeur fraîche et sucrée me parvient. La femme de mon cousin a déposé un bol de salade de fruits sur la table pendant mon sommeil. Depuis deux ans, elle me tolère dans sa cabane. Parfois j'aide, je garde les enfants, je désherbe, je tiens compagnie, j'épluche les légumes sous la véranda. Quand le cousin part en province, ma présence rassure. Me voyant dormir à deux heures de l'après-midi, elle s'est dit que faire la bringue était de mon âge et que des fruits frais allaient me remettre les intérieurs en place. Mes cousins sont des gens normaux, indulgents, ingénus, à mille lieues de tout geste criminel, ils vivent dans un pays où l'on ne tue pas pour 57 francs. Vous allez l'apprendre par les journaux : vous abritez un assassin ! Peut-être même pire, il doit y avoir des degrés. Écraser une main qui s'accroche à la vie, c'est sans doute plus inhumain qu'un coup de surin.

Me rendre à la police. C'est la seule chose à faire pour limiter la casse. Moi, quand j'apprends qu'un affreux s'est constitué prisonnier, ça m'attendrit. Si j'étais juré, je lui trouverais toutes les circonstances atténuantes. L'aveu m'émeut. Faire état d'une conscience, c'est bien ce qui nous différencie de la bête, non ?

... Me rendre ? Anticiper la sanction ? Un calcul de perdant. Diviser la note par deux. Un petit investissement à moyen terme. La Caisse d'épargne de la culpabilité ! Me pointer au Quai des Orfèvres ne me soulagera en rien. Autant les attendre allongé. Histoire de m'habituer à toutes ces nuits à venir dans un établissement spécialisé que l'on décrit comme une zone de non-droit.

Pourquoi ce besoin de la justice des hommes quand on voit ce qu'ils en font ?

Je fouille dans une vieille caisse pour y débusquer une écharpe blanche, sans tache mais grise d'usure. Je me la noue autour de la tête comme un corsaire. Bien serré, pour contenir la gueule de bois. Le plus incroyable, c'est que ça aide. La nuit tombe, lente. Merci. Merci la nuit. Si la grande aiguille progresse encore de cinq millimètres, les limiers du Quai des Orfèvres ne seront plus à craindre avant un tour complet du cadran. Je les vois déjà, tout fringants de m'avoir débusqué au fin fond d'une banlieue. Car vous serez là demain, à six heures sonnantes, messieurs. Comment en serait-il autrement ? On ne peut pas jeter un gars par-dessus bord et rentrer à bon port comme si de rien n'était. En quittant la rue de l'Ermitage, la tête rentrée dans les épaules, j'ai tendu un fil qu'ils n'ont plus qu'à tirer, c'est inéluctable, c'est écrit, vous n'avez qu'à lâcher les chiens, au flair ils vont me pister, à l'instinct. J'ai dû laisser quantité de cailloux blancs, suffit de se baisser. Dans *Détective*, on dit qu'ils retrouvent tout le monde, même des années plus tard.

Essaie d'être un peu rationnel, bon Dieu, arrête de geindre ! Ça n'était pas ton quartier, tu n'as pas croisé de concierge ni de locataires — y en avait-il seulement dans cette espèce de taudis qui attendait le boulet de démolition ? — et même si, de sa fenêtre, un témoin à moitié endormi t'a aperçu hier soir, tu n'étais qu'une silhouette vacillante dans la nuit. Tu as laissé des milliers d'empreintes, tu en as tartiné tout le toit, la bouteille, mais tu n'es fiché nulle part ! Casier vierge, nom de Dieu ! Et puis, tu crois vraiment que la mort d'un pareil rebut va affoler la Préfecture ? S'ils lâchent les chiens, ce ne seront pas les limiers mais les corniauds. À l'heure qu'il est, elle est peut-être déjà classée, ta glissade vespérale.

Voilà ce que je me dirais si j'étais encore capable d'un raisonnement.

... Un raisonnement ! Autant essayer de fabriquer un extincteur pendant que la maison brûle.

Au milieu de cet océan de peur, y a-t-il une seule goutte de remords, de remords véritable pour l'acte que j'ai commis, une goutte de compassion pour celui qui, par ma faute, n'est plus ?

Et quand bien même ai-je tué, est-ce si grave ?
Hier la Terre portait quelques milliards d'humains,
aujourd'hui quelques milliers de moins, dont ce salaud-là, que personne ne va pleurer, surtout pas sa
sœur qui aime trop l'argent. La roue tourne, et j'ai
été, l'espace d'une seconde, un des rouages de la
grande machine universelle, un outil de Dieu. Je
fais sans doute partie d'un vaste dessein impossible
à concevoir tant qu'on n'a pas une vue d'ensemble.
Peut-être fallait-il que je le fasse tomber, c'était
écrit ! Peut-être ai-je libéré l'humanité d'un de ses
plus nuisibles représentants ! Je suis épouvanté par
mon geste mais je ne peux nier un extrême sentiment d'accomplissement : j'ai infléchi le cours des
choses, de la vie, du monde. Il y a du divin en moi.
Pourquoi fait-on du meurtre un tel pataquès ?

À quatre heures du matin, l'angoisse est sur le
point de céder à l'épuisement. Comme on compte
les moutons, je passe en revue les mille manières
d'en finir. Pendu, noyé, décapité, délivré enfin.
Je rouvre les yeux. Indigne de toute délivrance.

Il y a sans doute un livre qui décrit mon calvaire
sur cette paillasse. Un classique, un chef-d'œuvre,
un ouvrage de référence. Il sera bien temps pour
moi de le lire en prison, sur un bat-flanc. Mais je
suis déjà certain que, malgré le talent de l'auteur,
rien de ce que j'endure ne saurait être exprimé. S'il

n'a pas commis la très grande faute, où l'écrivain a-t-il trouvé son inspiration, comment a-t-il choisi ses invectives ? Mesurer l'irréparable, voilà bien une tentation de cuistre ! Je l'imagine affûtant sa plume, prêt à tous les anathèmes, toutes les prédications, toutes les postures, toutes les oraisons pour donner à son projet un rayonnement tragique. Que ce gars-là vienne seulement me visiter, ici et maintenant, qu'il marche un seul instant sur ma rive, celle de la grande confrérie des assassins, qu'il ose seulement me regarder en face, au fond des yeux. Il verra alors surgir tous ses démons à la fois, ses terreurs d'enfant, ses hantises, ses phobies, ses lâchetés, toutes sans exception, toutes en même temps. Terrorisé, il tombera à genoux devant moi, suppliant le Ciel de retourner dans son monde à lui, où chaque jour a son lendemain. Il regagnera sa rive, guéri à jamais de la tentation de rendre ma souffrance dicible.

Le grincement des volets de la cuisine des cousins, le monde, l'usine, l'école. Hier à la même heure, j'étais bien certain que le monde ne se remettrait jamais de mon geste.

Je crois que la femme du cousin a des barbituriques contre les insomnies. Une bonne dose et je vais enfin dormir comme un innocent. La meute viendra cerner un gars qui dort du sommeil du juste, tout étonné de ce qu'on lui veut.

En me donnant la boîte de comprimés, elle dit :

— Tu ressembles à Marat.

— À qui?

— Avec ton fichu sur la tête tu ressembles à Marat qui vient de se faire assassiner dans sa baignoire, comme dans la peinture de David.

Sans rien comprendre, je réponds :

— Vous serez débarrassés de moi bientôt.

Avant de glisser dans le sommeil, je me retrouve à nouveau sur ce toit, sous les étoiles. Mais j'essaie d'imaginer un autre épilogue à ce film monstrueux.

Mon bras est assez fort pour hisser son corps qui pend au-dessus du vide. Je le pose sur la terre ferme, il reprend souffle, revient à la vie. Il n'y croit pas et pleure des larmes de soulagement. Je suis son être suprême. Le jour où il mourra, vieux, dans son lit, entouré de ses petits-enfants, il pensera à moi avec nostalgie. *Un jour, un homme m'a sauvé la vie.* Et il racontera la fin de cette nuit-là à des mômes émerveillés. *On a fini la mirabelle. On a coupé la dernière Gauloise en deux. On s'est serré la main dans le jour naissant sur la grande ville. On ne s'est jamais revus. Mais à chaque petit bonheur que la vie m'a accordé, à chaque rire, à chaque fois que mon cœur a fait un bond, j'ai repensé à ce gars-là et l'ai remercié d'avoir trouvé la force.*

*

Au réveil, impossible de distinguer la grande de la petite aiguille. Quatre heures de l'après-midi ? C'est efficace, ces cochonneries chimiques. Les corniauds ne jappent pas encore à ma porte. Marat, pas mort.

Le kiosquier de la place Paul-Bert est encore ouvert. Il faut me débarrasser de mon blouson, l'enterrer, le brûler, mes chaussures aussi. Je sors en maillot de corps, je rase les pavillons, tête basse. On ne me connaît pas cet air piteux, dans le coin. On me voit plutôt en faraud. Et je ne sors jamais sans mon éternel blouson de voyou qui me fait mal voir des vieux. Ah si vous saviez combien vous aviez raison de me regarder par en dessous, moi qui n'avais pas même volé une fleur dans un bac de fenêtre. Les flics sont sans doute là, déployés en dispositif : le coup de filet s'annonce grandiose. Le boulanger qui fume un clope sur le pas de sa porte me salue au loin. Ils lui ont pourtant dit de ne pas en faire trop, à cet idiot... Les passants que je croise ont reçu la même consigne : ne faire semblant de rien. Acteurs ! Figurants ! Traîtres ! Et moi, avec ma gueule de condamné, ma dégaine de tire-laine, je confirme les soupçons. *Marche donc comme un type qui va acheter le journal !*

Je demande *Le Parisien libéré* pour la première fois, et non *Détective*. Je m'attendais à un gros titre, mais l'actualité est agitée par des guerres, des pays à feu et à sang, des dictateurs qui saignent les peuples, des catastrophes naturelles qui dévastent des régions entières, broutilles du genre, anecdotes, mais rien sur mon meurtre à moi. À la page des faits divers, là oui, on y est bien. C'est le mot « verrière » qui m'attire l'œil. Un entrefilet où l'on fait état d'un corps comme tombé du ciel dans un atelier d'artiste où ne vit aucun artiste. Ou alors si, mais pas comme on l'aurait imaginé. La locataire a une petite notoriété, c'est une jeune actrice qui joue les ingénues dans des séries B. Son nom ne me dit rien, mais ça explique sans doute cette notule en quatrième colonne. C'est bien ma veine !

Si mon défunt salaud avait terminé sa chute chez l'homme de la rue, on n'en aurait jamais causé, mais chez une ex-modèle qui a montré ses miches au cinéma, c'est du sensationnel ! Tout ce qui arrive aux vedettes, à commencer par leurs petits bonheurs ordinaires, ça intéresse les foules. Mais s'il s'agit d'un petit malheur, c'est le gros lot ! Plus grave encore : ce monde-là attire les flics comme des mouches. Ils imaginent des dessous vicieux, des affaires de mœurs, des chantages. Sans parler des politiques qui aiment s'entourer de vedettes parce que ça fait bien, comme les vedettes aiment s'entourer de politiques parce que ça peut servir. Le chef de meute va rappeler tous ses chiens, le son des cors viendra d'en haut, une curée se prépare !

Le cousin passe m'annoncer leur départ en vacances. Un mois du 20 au 20. Il compte sur moi pour garder la baraque, je peux m'y installer, je serai quand même plus au large, et avec salle de bains. Le cœur me serre. Je l'embrasse. Il ne comprend rien à cette soudaine affection. C'est le baiser de Judas. La prochaine fois que nos regards se croiseront, ce sera au palais de Justice. *C'est à n'y rien comprendre, monsieur le président, je le connais depuis sa naissance, c'est pas un mauvais garçon.* La salle de bains, ce sera la douche collective de la Santé.

Le lendemain je leur souhaite bonne route, mais je sais déjà qu'ils vont rentrer plus vite que prévu du camping de La Rochelle. Le transistor va crachoter mon nom et ils plieront la tente vite fait. Dès qu'ils ont tourné le coin de la rue, je file au kiosque. Rien dans le *Parisien*, ni ailleurs. Pas une ligne ! Rien non plus le jour suivant ni celui d'après. Rien du tout ! Ne pas en tirer de conclusion hâtive, ni voir une bonne nouvelle dans l'absence de nouvelles. Le bon sens populaire ne me tirera pas du merdier dans lequel je me suis fourré.

Rien ne se calme au tréfonds de mes viscères, je passe mon temps prostré au lit, que je quitte pour aller me vider dans les toilettes. Et pourtant je ne me nourris plus, je tiens à peine debout, il m'arrive de grignoter un coin de petit-beurre sans le terminer. Privé de sommeil, je résiste à la tentation d'avaler un Mogadon afin de ne pas entamer la dose létale au cas où.

Il faut attendre le lundi 24 juillet pour que, pendu à une pince à linge devant le kiosque, un imprimé à gros bâtons me saute au visage : MEURTRE DANS LA RUE DES CASCADES.

Une parenthèse : j'ai hésité à garder des traces écrites de ma triste histoire dans une boîte de biscuits remplie de coupures de journaux ; l'album sépia de ma gloire secrète. Mais quelque chose me disait que les idiots se font toujours rattraper par ce genre d'imprudences : tôt ou tard les boîtes sont faites pour être ouvertes, surtout quand on les cache. J'ai renoncé à prendre ce risque, préférant enfouir toutes mes reliques au plus profond de ma mémoire, le seul endroit sûr.

Oubliés les tremblements de terre, les famines, les accidentés de la route, la Guerre froide. Bêtises que tout ça. Rien que de l'ordinaire. Aujourd'hui, c'est mon mort à moi qui fait la manchette. Pour le coup, le despote sanguinaire qui n'a eu aucune pitié pour sa victime, c'est moi ! *MEURTRE*. Le mot est lâché, imprimé en capitales. Et à peine est-il reconnu comme tel que déjà il porte un nom : *Meurtre dans la rue des Cascades*. Porté sur les fonts baptismaux, mon homicide ! Il existe au monde, toute la ville en parle ! Orphelins, pupilles de la nation, veuves de guerre et pères en deuil, arrêtez donc de vous lamenter, il n'y en a que pour vous d'habitude, aujourd'hui c'est au tour de mon défunt salaud de passer devant tous vos morts. Effondré sur mon grabat, je lis et relis l'article qui prend toute la page 2, et je comprends pourquoi j'ai les honneurs de la une.

La starlette n'était pas seule au moment où mon cadeau du ciel lui est tombé sur la tête. Le concierge est formel : vers les 3 h 20 il a entendu *comme une bombe tomber à proximité*, il s'est levé d'un bond et a vu un gars surgir de l'atelier, tout débraillé, le chapeau sur les yeux, qui a filé droit dans la rue. La fille a été entendue mais on n'en sait pas plus. Quant à la victime, l'hypothèse du suicide ou de l'accident a été écartée après autopsie. Certes on lui a trouvé plus de deux grammes d'alcool dans le sang, mais les phalanges de ses mains ont été *réduites en miettes*. Des lambeaux de peau sont restés attachés à la gouttière. Quel monstre froid a pu commettre un geste aussi délibéré ? On parle tour à tour d'un professionnel du crime, d'un tueur à gages, d'un gangster de haut vol, d'un psychopathe, d'un vengeur masqué. Il incarne toutes les projections macabres du public. Quelque part un tueur se cache, on peut désormais l'imaginer derrière chaque porte cochère. Il appelle la chasse à l'homme et offre une tête à couper.

Ce n'est plus un fait divers, c'est la foudre qui déchire la nuit de sa lumière. Impossible de rêver mieux : tout y est ! Un meurtrier sadique, une star, un énigmatique fuyard, et Paris qui renoue avec ses mystères ! Édition spéciale !

À une mauvaise nouvelle en succède une bonne.

Certes ma petite affaire nocturne a pris un sérieux coup de projecteur à cause de la starlette, mais la fille a manifestement des fréquentations qui tiennent coûte que coûte à leur anonymat. Ça suffit pour détourner la meute du droit chemin qui mène à moi.

C'est ainsi que commence véritablement le feuilleton de l'été : quelle est donc cette silhouette mystérieuse qui se rhabille à la va-vite dès que le premier venu tombe du ciel ? Suite demain ! Le plus épatant, c'est la façon dont la victime se fait piquer la vedette. L'actrice et son hôte fugitif absorbent toute la lumière et laissent dans la pénombre mon défunt salaud dont on ne connaît toujours pas l'identité — avant que sa sœur, celle qui aime trop l'argent, prenne conscience de sa disparition, les rotatives du *Parisien* ont le temps de chauffer. Pour l'instant, les enquêteurs n'ont pas été fichus de faire le lien entre le 91 rue des Cascades, là où mon pochard a pris son envol, et un immeuble voisin, le 14 rue de l'Ermitage, le taudis où il croupissait. À croire que seuls les ivrognes dans le noir sont capables de retrouver leur chemin.

En pleine nuit je me réveille, taraudé par un coin de phrase. *Phalanges réduites en miettes.* Lu comme ça, j'ai l'impression de m'être acharné comme un barbare. C'était surtout la main droite qui tenait bon, je l'ai entendue craquer, puis la gauche a lâché très vite. À jeun, il se serait sans doute accroché avec plus de force, mais il aurait été plus sensible à la douleur.

Le lendemain, juste un encart à la une, le reste en page 4. Si je ne fais plus le gros titre il y a cependant une évolution notable dans la désignation de mon forfait : *Meurtre* dans *la rue des Cascades* est devenu *Meurtre* de *la rue des Cascades*. Sérieuse promotion ! Ce petit *de* n'a l'air de rien mais il en dit long. J'ai l'impression d'être l'auteur d'un classique. Le fameux, l'inénarrable meurtre *de* la rue des Cascades. C'est du Edgar Poe. C'est Rouletabille. C'est Whitechapel. C'est la gloire ! L'article ne dit rien de plus que la veille, sinon que la fille continue d'être cuisinée par un cador de la Crim. On s'acharne sur la malheureuse, qui nie avoir connu la victime, mais qui refuse toujours de donner la moindre information sur son visiteur nocturne. Moi seul connais l'injustice qu'elle endure.

La meute s'égare, le flair désorienté par des traces qui la détournent, mais bientôt elle viendra aboyer devant mon terrier. Depuis que la photo de mon défunt salaud a été publiée, le bistrotier de Pigalle et tous ceux qui ont trinqué avec nous ce soir-là peuvent donner mon signalement, trop heureux de faire avancer l'enquête sur le *Meurtre de la rue des Cascades*.

L'idée de quitter le territoire m'obsède mais je crains de ne pas en avoir l'envergure. Aussi para-

doxal que ça puisse paraître, il faut du courage pour
fuir. Si qui que ce soit m'avait dit une chose pareille au doux temps d'avant, j'aurais crié à l'affa-
bulateur. Fuir, je ne suis pas de taille. Il me faudrait
des tripes, du sang dans les veines, il me faudrait
prouver que l'ailleurs existe, il me faudrait em-
ployer toute la ruse qui déjà me manquait enfant.
Passer de la crainte à l'espoir, de l'espoir à l'action,
de l'action à la délivrance, de la délivrance à l'oubli. Aborder des rivages, lire des cartes, réapprendre
à parler, franchir des latitudes comme on traverse la
rue, se faire accepter quelque part où l'on ne
connaît ni l'homme blanc ni le vieux monde qu'il
traîne derrière lui, n'avoir peur de rien, reprendre
de zéro, disparaître. Ceux qui y sont parvenus ne se
sont jamais manifestés. J'ai croisé un jour un Marseillais qui partait rejoindre un pasteur en
Thaïlande. J'ai gardé sur un sous-bock le nom du
saint homme et celui du camp où il officie. Toutes
les bonnes volontés sont les bienvenues. Pas de
questions. Depuis le temps, le Marseillais a dû engendrer une ribambelle d'enfants qui courent nus
dans les plantations. Ils prononcent quelques mots
de français avec l'accent de la Canebière. Moi qui,
hier encore, cherchais ma place sur Terre, et un
boulot, et une femme, moi qui cherche désormais
une bonne conscience, je pourrais tout trouver là-
bas d'un coup. Quelle meute irait m'y débusquer ?
Au train où c'est parti, un petit bout de temps va
s'écouler avant que les flics fassent circuler mon

portrait-robot comme une image pieuse. Je me donne un an pour me faire adopter par les indigènes, tant je travaillerai fort, le sacrifice vissé au corps, corvéable à toute heure. Je sauverai des miséreux, j'irai les chercher jusqu'au fond des rizières, je jeûnerai avec les plus fervents, je me vêtirai couleur d'épices, j'aurai la peau tannée, le teint cuivré des hommes de là-bas, les femmes me masseront, elles me surnommeront *celui qui ne sourit plus*, et d'autres vies encore je sauverai, inlassable.

Impossible? Et pourquoi donc? Je n'ai pas un sou, c'est entendu, mais je sais où le cousin cache des florins qui lui viennent de *notre* grand-mère. Il ne sait pas que je le sais. Ce ne serait pas un vrai vol, je laisserais un mot. Ensuite je filerais chez un numismate de la rue Vivienne qui a un faux air de fourgue. Il ne demande jamais de certificat, *possession vaut titre* comme il dit. Je les braderais, certes, mais j'en tirerais assez pour un aller simple Paris-Bangkok. De là, un car direction Chiang Mai. Auprès du missionnaire, je jouerais le pauvre gars arrivé au bout de la route, il m'indiquerait un bungalow où dormir, pas plus grand qu'ici, et dès le lendemain, à moi de jouer.

Des décennies se sont écoulées depuis que la tentation de cette folle épopée m'a traversé l'esprit. Aujourd'hui on peut en rire, mais en 1961 ça n'était pas une utopie. J'aurais été un précurseur. C'était bien avant que des chevelus en baskets se passionnent d'Orient, bien avant que des passeurs

d'opium aillent se faire peur en charter, bien avant
que nos drapiers se délocalisent, et bien avant
qu'une poignée de parvenus se partagent les archi-
pels. Quel vieillard serais-je aujourd'hui si j'avais
suivi cette impulsion ? J'y ai repensé souvent, à
mon double des tropiques, à mon fantôme aux yeux
bridés. Combien de vies aurais-je dû sauver pour
m'absoudre d'en avoir pris une ?

La suite ne fut pas celle-ci. À choisir, je préférai
qu'on vienne me cueillir, persuadé qu'il est plus
facile de virer taulard endurci qu'aventurier au
grand cœur. J'ai peut-être eu tort, qui saura jamais ?

*

Les journées passent sans que je prenne la direction d'Orly. Dans la presse, les épisodes de mon
feuilleton, ceux qui proposent de vrais rebondisse-
ments, se font rares. Au 10 août, la starlette n'a toujours rien dit de son hôte mystère, nous sommes
suspendus à son silence. Près de mon lit, la pile de
Parisien m'arrive au genou. J'épluche tout, même
le carnet mondain, la page des sports, les petites
annonces et, parmi elles, les offres d'emploi. On y
réclame des bras. Mille occasions pour l'homme de
la rue de finir homme de peine. Quelque chose
m'attire dans ces colonnes, comme une façon de
conjurer le sort. Faute de prendre le large, j'inverse
la logique : s'il existe un contraire à la fuite, c'est
bien l'embauche. Trouver un travail pour à la fois

m'extraire de mon grabat de remords et changer le cours des choses, déjouer la fatalité, entrer dans la vie active, histoire de prendre la voie la plus imprévisible pour un condamné en sursis. Postuler à un emploi, participer au monde en marche, n'est-ce pas le moyen le plus ingénieux et le plus pervers de m'acheter une conduite d'honnête homme ? Qui irait me retrouver dans le monde du travail quand on me traque dans tous les autres ? On épluche le trombinoscope des vauriens, on maraude dans les coupe-gorge, on surveille les réseaux mondains, mais qui irait me chercher à l'usine ? Les assassins sont des fainéants, c'est bien connu, on ne les cueille pas en bleu de chauffe à l'heure de la pause. Pour la toute première fois, je sais combien je m'y sentirais bien, dans mon costume de salarié prêt à construire son petit bonheur à la force du poignet. Hier encore je criais vive la liberté, vive la misère, vive tout et son contraire tant que je reste éloigné d'une pointeuse. Aujourd'hui j'envie mon cousin que j'ai tant plaint. J'ai eu honte pour lui, j'ai raillé sa bonne volonté, son obéissance d'homme de la rue, celui qui traverse aux clous. Il m'est même arrivé de le traiter d'esclave sur le ton de l'humour, quand en fait je le pensais vraiment. Lequel de nous deux est l'esclave désormais ?

La locataire du 91 rue des Cascades qui a un trou dans sa verrière refuse toujours de révéler l'identité de son visiteur. Le *Parisien* publie d'elle une superbe photo de studio qui aurait illuminé la page spectacles mais qui prend de mauvais reflets dans celle des faits divers. Comment s'étonner de voir cette fille mêlée à une affaire louche? Son regard boudeur et sa lippe mutine cachent la pire dépravation. Sa pose de trois quarts, légèrement ombrée, révèle toute la noirceur de son âme. Qui sait comment j'aurais réagi si j'étais tombé sur ce portrait, affalé dans un transat, un pastis à la main? Sans doute y serais-je allé aussi de mon petit commentaire sur le vice qui joue l'innocence. Sur les célébrités qui, à force de s'exposer, finissent par s'attirer des embrouilles. Sur le glamour qui fait si bon ménage avec le sordide. Le petit minois de la malheureuse a dû prendre quelques rides depuis que la Brigade criminelle la travaille, que les journalistes la traquent. Elle prétend que son amant, *connu* et *marié*, a fui en pleine nuit pour éviter le scandale. Cruelle ironie : il est aujourd'hui l'inconnu le plus célèbre du pays. Sa notoriété l'a obligé à fuir, le pantalon sur les genoux. Si cette version-là est la bonne, je plains ce pauvre gars qui avait su éviter les mille dangers qui guettent le mari adultérin! Au prix d'une clandestinité finement élaborée, il passait un moment charmant, les mains pleines des formes généreuses de sa cabotine, mais voilà que tant de volupté est ruinée par un clochard céleste qui s'écrase dans leur lit. On peut convoquer la disgrâce pour moins que ça. Moi aussi j'aurais trouvé la saynète grotesque si je n'étais, avec cette fille et son amant, le seul à connaître la vérité.

Dans ce même *Parisien* daté du 19 août, je lis : *Fagecom S.A. recrute Vendeur Représentant Placier. Formation rémunérée. Entretien ce jour.*

Une société qui fabrique de l'outillage pour particuliers, mais ça je l'apprendrai plus tard. Pour le moment, seule sa localisation retient toute mon attention. À Passy ou Pantin, je n'aurais pas lu l'annonce jusqu'au bout, mais Villeneuve-le-Roi se trouve sur ma ligne, à deux stations. *Entretien ce jour* me fascine, m'hypnotise. C'est le moment ou jamais de faire cesser la gamberge. Ne plus réfléchir mais accomplir des gestes, les enchaîner. L'un appellera le suivant, et l'ensemble portera un nom ronflant, comme destin ou providence. Inutile de trouver de la volonté là où il n'y en a jamais eu. Me contenter de segmenter le temps en mouvements, comme un convalescent qui les réapprend tous. Des gestes, nom de Dieu, précis, soignés, à commencer par le tout premier, le plus crucial, le point de départ de ma seconde vie : faire face au miroir, retrouver figure humaine. Raser cette gueule en friche, me débarrasser de ce masque de mourant, effacer mes cernes, me polir les dents pour un sourire de façade. Je déclame en boucle les quelques vers que j'ai retenus du *Cid* pour me refaire la voix, retrouver des intonations, je n'ai pas prononcé un mot depuis près d'un mois. Repasser une chemise empruntée au cousin. Avaler un Mogadon. Traverser le chantier de l'immeuble en construction, entrer dans la gare, demander un billet de seconde à 45 centimes. Ne pas y repenser, ne pas trouver ça absurde, ni odieux, ni stupidement voué à l'échec. Avancer.

Le gars m'a souhaité bonne chance dans sa société. Ça a dû m'en donner puisque j'y suis resté trente-quatre ans. Le jour de la retraite, on m'a offert toute la gamme Fagecom, plaquée argent. De quoi bricoler jusqu'à la fin de mes jours. Je ne sais toujours pas planter un clou.

La formation dure deux semaines. À entendre l'instructeur, on va vendre les objets du culte, sceptres, calices et crucifix. Chaque fois qu'il dit Fagecom résonne dans la salle le nom de Dieu. J'imite les autres impétrants, je suis, je fais comme il faut. Un jour à la cantine, un gars parle du *Meurtre de la rue des Cascades*. Et la tablée, qui chipotait son plat du jour, s'enflamme d'un coup. Tout le monde s'y met, ça éructe, ça se coupe la parole, ça fuse dans tous les sens. Ayant vécu un mois en vase clos, retranché sur mon petit nombril vrillé de douleur, je ne connais aucun des ragots qui circulent, aucune des théories qui s'affrontent, des rumeurs qui sourdent. Paraît que l'amant mystère est un yéyé du Golf Drouot. Paraît que c'est un ministre de l'ex-gouvernement Coty. Paraît que c'est

un acteur qui joue dans des films de cape et d'épée.
Et chacun de mes collègues a un tuyau de première
bourre, un informateur indiscutable, une belle-sœur
à la mairie, un voisin échotier, un copain dans le
cinéma. Ils décrivent *l'affaire* comme s'ils avaient
été présents cette nuit-là. Mon crime appartient à
tout le monde. La conscience collective se met à
table, le peuple se goberge, c'est le banquet répu-
blicain. Je baisse le nez vers mon assiette, effrayé
par cette délicieuse apothéose de sordide : une passion nationale. Le plus stupéfiant reste ce profond
désintérêt pour la victime, il n'y en a que pour
l'amant fugitif, qui, c'est sûr, n'est pas étranger à
ce meurtre, sinon pourquoi tairait-on son nom ?
Pour un peu, je leur clouerais le bec : un pauvre
type est mort pour rien. Le mauvais hasard des gens
ordinaires lui a été fatal, comme il pourrait l'être
pour chacun de vous.

On dit souvent que le bourreau a plus de compassion pour sa victime qu'un peuple qui réclame
une tête.

Au téléphone j'annonce à ma mère, bien au
chaud dans sa lointaine province, que j'ai trouvé un
boulot. Elle me prie de faire attention à moi, *avec
toutes ces choses horribles qui se produisent dans
la capitale.* Je la rassure : ces choses-là arrivent à
certaines personnes dans certains milieux, maman,
mais pas à l'homme de la rue.

Qu'on me laisse décrire le sommeil de l'innocent. Ses nuits sont le plus souvent paisibles, il se love et s'abandonne, se répare. Mais parfois d'affreuses images surgissent et l'engloutissent, des poursuivants veulent sa peau, on l'exhibe, on le couvre de honte, on le condamne : la mort est imminente. Mais la voix de la survie vient soudain le tirer d'un si mauvais pas, car quelque chose ne va pas dans cette fin immonde qui le happe, finalement peu crédible tant elle est démesurée : c'est un simple cauchemar. Sauvé par sa propre raison, il ouvre les yeux sur ce bon vieux réel, reprend possession de ses droits inaliénables, le voilà sain et sauf, pour de longues années encore.

Mes nuits sont tout l'inverse.

Après avoir longtemps cherché le sommeil, je glisse dans un monde à la douceur de l'Olympe, où l'on m'explique que tout ce qui m'arrive n'est qu'un malentendu bientôt dissipé, et me voici réconcilié, traversant des décors apaisés. Jusqu'à ce qu'une affreuse intuition me gagne : ce bonheur-là ne serait-il pas un peu excessif ? Comment as-tu pu t'y laisser prendre ? L'horreur me cueille quand j'ouvre l'œil : la hantise d'être traqué, les affres de l'expiation, l'odieux fardeau que je vais devoir subir la journée durant. Tout est vrai.

Mais je ne flanche pas, je me révèle petit soldat du quotidien, je me dédouble même. Il y a en moi l'automate, le bien noté, capable de vanter les mérites du cruciforme V6 de la gamme de luxe, avec manche caoutchouc — à l'époque c'était la matière noble, les pauvres se contentaient du bois. Et il y a l'autre, le misérable, la plaie vivante, l'homme aux entrailles confites dans leur bile. Il m'arrive de plaisanter quand les circonstances le demandent, de passer pour un aimable, de répondre aux conversations que je n'écoute pas. Tout mon esprit conscient erre sur les toits de Paris dans une semi-pénombre, je vole d'une maison à l'autre, les rues sont couvertes de macchabées.

Un matin, durant l'heure de la pause, j'apprends dans le journal que mon défunt salaud était originaire de Lorraine, qu'il *vivait d'expédients*, sans famille proche, hormis une sœur qu'il ne voyait plus. On ne sait toujours pas ce qu'il foutait sur ce toit. Son trou à rat de la rue de l'Ermitage n'est jamais évoqué, et quelque chose me dit que le lien ne se fera plus. Mais là n'est pas la plus sensationnelle révélation de cette édition datée du 29 septembre. Poussée par ses avocats, la starlette a fini par parler. Tous les pronostiqueurs avaient tort. L'amant mystère n'est ni un politique, ni un artiste, ni un milliardaire : c'est un truand. Le silence de la pauvre fille s'explique enfin, soit par peur des représailles, soit parce que c'est une vraie affranchie qui refusait de trahir son homme. Un chef de bande affilié au milieu lyonnais, un caïd, un vrai. On le cherche pour recouper son témoignage, mais par-dessus tout pour comprendre sa fuite. Dans la presse, on parle déjà de règlement de comptes entre gangsters. La petite actrice du rez-de-chaussée serait une Hélène de Troie ayant déclenché une guerre qui ne devait pas avoir lieu. On imagine un complot qui mêle la pègre, le cinéma et le secret d'État.

Mais moi je la connais, la raison de sa fuite, à ce dur à cuire ! Il avait déjà fort à faire avec ses morts à lui, il n'avait aucun besoin de voir un crétin crever à ses pieds, comme ça, sans raison. À moins que, dans la brusquerie, il n'ait pris la chute de ce corps comme une sorte de message de ses ennemis, allez savoir. *Comment imaginer qu'il ne soit pas impliqué dans ce meurtre*, sous-entend le journaliste. L'affaire prend une envergure qui me dépasse comme tous les Français, c'est de l'or judiciaire, un fait divers d'anthologie, un nouveau chapitre de l'*Histoire du crime*.

*

Cinquante ans plus tard, il m'est toujours impossible de dire si ce développement m'a été plus néfaste que profitable. Sans cette révélation sur l'identité du voyou, l'intérêt pour le *Meurtre de la rue des Cascades* se serait émoussé dès l'automne et sans doute aurait-on classé l'affaire. Mais, du fait de ses activités, le malheureux passait du statut de témoin recherché à celui de suspect n° 1. Le Quai des Orfèvres s'est efforcé en vain de trouver un lien entre le caïd et le mort tombé des nues. Un autre amant de la starlette ? Un maître chanteur ? Un exécuteur d'une bande rivale ? Chaque hypothèse étant étayée par des lettres anonymes, délations diverses, nouvelles rumeurs.

Les amants de l'ombre s'étaient connus adolescents, à Lyon. On a prétendu qu'elle avait arpenté les trottoirs du quartier de la Croix-Rousse et assuré des prestations dans des films Super 8, rien de tout cela n'était vrai. Grâce aux appuis de son voyou, la gosse avait passé des essais dès 1957 dans une revue des Folies Bergère. Lui s'était installé à Grenoble avec femme et enfants, mais il n'oubliait jamais de remonter à Paris retrouver son amour de jeunesse.

À la suite de cette nuit maudite, chacun d'eux a connu une triste fin. Traumatisée par l'irruption de mon défunt salaud dans sa vie, humiliée par la déflagration médiatique qui s'en est suivie, la starlette s'est retirée de toute vie publique dès que les autorités l'ont laissée en paix. Une paix toute relative car, jusqu'au jour de sa mort, d'un cancer du poumon, elle est restée *la garce de la rue des Cascades*.

Les dernières années du bandit furent tout aussi pénibles. Malgré l'acharnement des enquêteurs, rien ne l'incriminait de façon directe dans le *Meurtre de la rue des Cascades*. Et cependant personne — sinon moi — n'a cru à la raison qu'il invoquait de sa présence au moment des faits. La plus désarmante, la plus sincère : *Je passais la nuit avec ma maîtresse*. Perturbés par tant de mauvaise publicité, ses associés se sont détournés de lui et l'ont de surcroît soupçonné d'une alliance avec des petites frappes de la place Gambetta. À la suite d'une rixe dont personne n'a voulu connaître le détail, on l'a retrouvé égorgé dans une ruelle du quartier de son enfance.

Aujourd'hui encore il m'arrive de repenser à ce qu'a enduré ce pauvre gars, harcelé pour le seul crime qu'il n'avait pas commis. Quoi de plus poignant qu'un gibier de potence qui crie son innocence?

La police, la presse puis l'opinion publique ont cessé de voir en lui la clé de l'énigme. La thèse de l'assassin mystère sans aucun lien avec la pègre est revenue au premier plan. Et le feuilleton est reparti de plus belle.

*

En janvier 1962, mon supérieur direct me propose d'assurer les tournées en province en compagnie d'un ancien, chargé de me présenter aux clients. *Non, ça n'est pas du porte-à-porte*, dis-je à mon cousin, je suis VRP, ça change tout, c'est un peu comme P-DG, ça vous pose une fonction. Entre deux visites à des quincailliers, des fabricants de meubles, des salons des arts ménagers, je poursuis ma revue de presse, au grand dam de mon instructeur qui s'emmerde en conduisant l'estafette.

Un scribouillard plus inspiré que les autres établit un rapport entre la chute de mon défunt salaud et la rue des « Cascades ». Des mois ! Il leur aura fallu des mois pour faire le rapprochement ! Et pourtant ça *tombait* sous le sens, c'était trop beau pour être vrai, ça crevait les yeux. Du coup, le gars donne à son article des accents ésotériques, il en rajoute même dans la métaphore délirante, il convoque les forces occultes, Fantômas, tous les vilains de la nuit. Et ça marche ! Il a suffi qu'on ouvre la porte du surnaturel pour que tout le monde s'y engouffre ! On passe du sordide au merveilleux ! Les publications sérieuses qui d'habitude n'ont que mépris pour les chiens écrasés consacrent un dossier complet au *Meurtre de la rue des Cascades*. On élève le débat, on traque les symptômes d'une époque, on dépiste, on dénote, et de brillants plumitifs se lâchent en donnant *leur* version. C'est à qui livrera les images les plus fulgurantes, les détails les plus réalistes, les adjectifs les plus sentencieux. Chez l'un, mon défunt salaud est un ange déchu, chez l'autre un poivrot des étoiles. J'ai beau faire des efforts de mémoire, je ne me souviens que d'un clochard qui refusait de mourir, une mauvaise ombre qui s'abîmait dans la nuit.

Dans une revue pour salles d'attente, on a fait appel à une signature de l'Académie, qui nous pond déjà les dictées du futur, et qui voit dans le *Meurtre de la rue des Cascades* comme un conte de fées à base de tarot divinatoire. Y figurent : les *Amants*, la *Maison-Dieu* (la verrière), le *Bateleur* (mon défunt salaud), et surtout l'*Arcane sans nom*, à savoir la Mort en personne. J'ai beau chercher, il ne peut s'agir que de moi. Ce squelette avec cette faux, c'est criant de ressemblance, moi qui suis dans l'outillage.

Dans un canard qui aime à montrer les grands de ce monde dans leurs intérieurs cossus, on n'a pas hésité à dépoussiérer une prédiction de Nostradamus que le *Meurtre de la rue des Cascades* vient légitimer d'un coup. Le quatrain commence par :

Sous la lune estaincte, le tonnerre du grand degré

On nous explique que le décor est planté : la nuit, les hauteurs, la verrière qui explose. Puis surgit le nombre 20 dont on ne sait s'il désigne le siècle ou l'arrondissement de Paris. La *folie*, c'est l'ivresse, et l'amant mystère est certainement ce *spectre* qui apparaît dans le troisième vers.

Je me souviens d'une nuit atroce dans un petit hôtel de Romorantin où, terrorisé par la prédiction, j'ai été pris d'une bouffée délirante qu'un médecin de garde a dû calmer par une piqûre de Valium. Bien des années plus tard, on a appris que le quatrain avait été composé de toutes pièces par un pigiste ambitieux. Son nom est oublié, mais son article est resté dans les annales de la supercherie.

Un quotidien du soir établit un lien entre le *Meurtre de la rue des Cascades* et une défenestration suspecte du côté des Halles. Afin de fourguer des éditions spéciales, la presse tente de créer un début de psychose généralisée en suggérant l'idée d'un tueur en série prêt à récidiver. L'hypothèse ne fait pas long feu : il s'agit d'un repris de justice jamais réinséré qui s'est jeté du haut de son gourbi. Mais durant quelques semaines, ceux qui habituellement rasent les murs préfèrent arpenter les caniveaux afin d'éviter la chute des corps.

Dans cette presse déchaînée qui attise la haine et la peur, on trouve cependant un article auquel je dois rendre hommage aujourd'hui. Au lieu de stupidement s'attacher aux faits, au lieu de se prendre pour un garant de vérité, l'auteur s'aventure sur une piste inédite. Loin de toute tentation apocalyptique, il défend la thèse de la mauvaise rencontre. La simple, la banale, la très courante. Le mauvais endroit, la mauvaise nuit. Les amants d'en dessous n'ont rien à y voir, ils auraient préféré qu'on leur foute la paix. Cette nuit-là, un homme de la rue en a croisé un autre et ça s'est mal terminé. Mais d'habitude ces choses-là se déroulent à ras de terre, c'est ce qui constitue selon lui la spécificité du *Meurtre de la rue des Cascades* et non la notoriété des occupants de l'atelier. Une vérité trop simple, trop nue, à laquelle personne n'a envie de croire tant elle contredit un savoureux fantasme collectif. En fin d'article, quelques mots me sont directement adressés. Moi, ancien oisif devenu outilleur. Moi, un anonyme perdu dans une nation entière. *Qui que vous soyez*, me dit-il, *où que vous soyez, sachez que le Meurtre de la rue des Cascades ne vous appartient plus. Vous qui tentez de redevenir un homme comme les autres, vous n'êtes pas un coupable qui fait envie, et c'est pourquoi personne ne vous retrouvera jamais.*

Un demi-siècle s'est écoulé depuis. Elle était là, la véritable prédiction.

*

Au printemps 63, je sillonne les routes de France sans l'appui de mon instructeur. L'engouement pour le *Meurtre de la rue des Cascades* a beau s'être calmé, des phalanges en forme de cafards continuent d'infester mon lit à chacun de mes réveils. C'est ma première sensation consciente et déjà elle gangrène le reste de la journée. L'obsession ne se dissout pas, mais j'apprends à vivre avec. Les images sont toujours aussi abominables mais je les laisse m'envahir sans chercher à les refouler — j'ai perdu ce combat-là depuis longtemps. Le monstre en moi cohabite avec le commercial affable. Je change d'hôtel deux à trois fois par semaine, j'apprends à dormir sur des parkings quand les circonstances l'exigent, à me retaper sur la route. Il m'arrive parfois de penser qu'en cas de cavale je tiendrai plus longtemps qu'un autre.

Cet été-là, je vais connaître le second séisme de ma vie. Mais celui-là, je pensais ne plus le mériter.

La côte charentaise. Une vieille auberge de

charme. Il n'y a pas de veilleur de nuit, on décroche sa clé dans la pénombre. Mais le petit déjeuner est servi par une créature lumineuse, entourée d'un halo qui donne à tout ce qu'elle touche des éclats dorés, un soleil. Je me souviens d'avoir pensé, en la voyant scintiller comme une clairière, que le *Meurtre de la rue des Cascades* m'avait bel et bien pourri de l'intérieur. Un fruit qui pend encore à l'arbre mais déjà bouffé par les vers. Je manque de la rudoyer, de jouer les mal aimables pour la faire fuir. *Arrête donc de sourire, je te dis ! Fous le camp ou je me constitue prisonnier !* Comme si elle m'avait entendu, la voilà qui disparaît en cuisine et soudain l'instant se voile : le petit matin clair vire au faux jour, les clients redeviennent de sombres étrangers. La journée s'annonce aussi terne que la veille.

Je suis pris de nostalgie pour un être que je n'ai pas connu, un brave type, aimant et fidèle, prêt à tout pour le bonheur d'une seule femme. À ce gars-là, j'aurais confié le reste de mes jours et il aurait su quoi en faire.

Tant que la justice ne me rattrapera pas, la vie ne sera qu'une longue série de renoncements et chacun d'eux va durcir le monstre en moi. Je dois m'y résoudre et m'y préparer. Dompter la bête avant qu'elle ne m'anéantisse. Chercher l'indifférence en tout. Et avant la tombée de la nuit, me voici flanqué d'un tout nouveau credo : *au lieu d'attendre la meute dans la peur, attends-la dans le cynisme.*

En servant l'infusion du soir, la naïve me demande : *Comment c'est, Paris ?* Le monstre invite alors la malheureuse à sa table pour lui montrer le pire de lui-même. Au lieu de raconter la Ville Lumière comme je l'ai jadis possédée, je lui décris une Babylone où les petites ingénues finissent dans les bouges, où les clochards tombent du ciel. Plutôt que d'évoquer le *Meurtre de la rue des Cascades*, j'attends qu'elle le fasse, qu'elle me décrive toute cette sinistre affaire avec sa provinciale candeur, qu'elle ajoute sa note au chœur des vierges, qu'elle me confirme que l'homme qui a écrasé les doigts d'un pauvre bougre au lieu de le secourir mérite la pire des fins. Je veux l'entendre parler de moi sans qu'elle s'en doute — ô perversité ! — et affirmer que si elle tenait ce triste sire devant elle, elle l'abominerait comme il se doit. Je veux la voir me resservir de sa tisane miracle tout en décrivant le meurtrier que je suis. Peine perdue ! J'ai beau glisser de fines allusions, c'est comme si l'annonce du *Meurtre de la rue des Cascades* n'était pas parvenue jusqu'en Charente. Ma toute récente désinvolture s'en trouve bien déroutée. Je perds pied, je ne parviens pas à me rendre détestable. Elle me décrit un monde où le *Meurtre de la rue des Cascades* n'a jamais eu lieu. Un monde où les rues sont habitables pourvu qu'on y trouve des hommes.

Le lendemain, elle propose de me faire visiter le pont suspendu de Tonnay, et comme un idiot j'accepte. Je ne m'étais pas trompé : elle *est* l'innocence. La légende ne dit-elle pas que c'est la Belle qui vainc la Bête ? Deux jours plus tard, je reprends la route sans l'avoir effleurée, sans même un bisou du bout des lèvres. À chacune de mes étapes, je lui envoie une carte postale pour lui montrer du pays.

Trois mois plus tard, nous nous sommes installés dans un petit appartement du XVe arrondissement de Paris. L'homme de la rue serait condamné à lui-même s'il ne rencontrait un jour la femme de sa vie. C'est même la seule personne au monde qui lui donnera l'illusion d'être unique. Pour l'anecdote, je n'ai pas été le premier de nous deux à citer le *Meurtre de la rue des Cascades*. Étrangement, il aura fallu attendre le jour de l'assassinat à Dallas de John Fitzgerald Kennedy. En apprenant la nouvelle, elle a dit :

— Tout le monde se souvient de ce qu'il faisait la nuit du 17 juillet 1961. Désormais, il en sera de même pour ce 22 novembre 1963.

— ... ?

— Mais si, rappelle-toi, le 17 juillet 1961, c'est la nuit du meurtre de la rue des Cascades. Ce soir-là, un client m'a expliqué jusque très tard pourquoi on allait construire un mur qui allait séparer Berlin en deux. Et toi, tu faisais quoi ?

— ... Moi ?

Elle m'offrait sans le savoir une occasion unique de regagner une part de ma dignité perdue. Il s'en est fallu de peu que j'accepte. Seule l'horrible perspective d'en faire ma complice, de la condamner au secret, m'a contraint à répondre :

— J'ai pris une cuite dans un bar louche avec un traîne-savates dans mon genre, et je ne me souviens plus de la suite.

Depuis, nous avons eu d'autres marqueurs temporels, de ceux que la mémoire collective garde intacts, capables de ressusciter les heures d'une seule journée au milieu de cent mille. Il y a eu le 21 juillet 1969, nuit de l'alunissage. Puis le 11 septembre 2001. À mon âge, je ne suis pas sûr d'en connaître un autre.

*

Les premières années de notre mariage, j'essaie de prétendre à un poste fixe au siège de la Fagecom, mais on m'affirme qu'il serait contre-productif de se passer d'un VRP aussi doué. Paraît en librairie un essai sur le *Meurtre de la rue des Cascades*, une sorte de contre-enquête où l'on nous promet des révélations. Je l'achète en cachette de ma femme. La violence la dégoûte, et plus encore ceux qui s'en délectent. Dans nos grands moments d'abandon, je me déteste d'avoir à lui cacher ma part d'ombre. Quand elle voit son amant s'endormir dans ses bras, c'est en fait un enfant terrorisé qui s'y réfugie. Mille fois je suis sur le point de lui dire que nous ne sommes pas seuls dans notre maison — il y a un assassin qui veille — et mille fois je repousse au lendemain par manque de courage. Ma malédiction : ne pas pouvoir implorer le pardon de la seule personne qui m'aime assez pour me l'accorder.

J'éprouve néanmoins une certaine fierté à l'idée qu'on parle de moi dans un livre. Ça n'est pas rien, un livre. J'en ai eu peu entre les mains, ils me font l'effet d'objets sacrés, porteurs de connaissance et de vérité. Je lis celui-là en une nuit dans une chambre d'hôtel, je m'y cherche à chaque page sans jamais m'y trouver, je suis une entité transparente, sombre, abstraite, fuyante, et l'on s'y demande si j'existe vraiment. Aucune révélation, aucune thèse, rien que de l'assemblage d'articles, des croisements improbables, et un prudent conditionnel passé qui se prête si bien à la conjecture et au remplissage. Mon respect pour les livres s'effondre aussitôt. Ils deviennent, comme le reste, une marchandise dévoyée, une perte de temps, un moyen comme un autre de ne pas tenir une promesse. Que sont devenus les émerveillements de mes instituteurs de la communale ?

Le temps passe et je n'ai aucun moyen de savoir où en est l'enquête. Elle serait close que personne ne m'en informerait ! Peut-être que les chefs de meute ont, eux, de nouveaux éléments qu'ils se gardent bien de communiquer. Si c'est le cas, je prie le Ciel qu'on vienne m'arrêter sur la route et non sous les yeux de ma femme.

Je vis dans le vain espoir d'échapper à la sanc-

tion des hommes, mais je cherche toujours la culpabilité en moi et jamais ne la trouve. Si le pouvoir
m'en était donné, je ne ressusciterais pas le défunt
salaud, je le laisserais croupir en enfer. Je lui en
veux d'avoir fait de moi un meurtrier par erreur.
Pas doué pour ça. J'ai plutôt le profil de la victime
que celui de l'assassin. C'était un contre-emploi.
Une erreur de distribution. En toute logique, c'est
moi qui aurais dû m'écraser sur cette verrière.

*

En 1965 sort un roman, *Meurtres en cascades*.
On y apprend dès le chapitre III que le coupable est
un tueur schizophrène souffrant de dédoublement
de la personnalité ; il commet d'autres crimes et se
fait abattre à la dernière page par un flic plus tenace
que les autres. Le récit me plonge dans un état para-
doxal, tout n'y est qu'élucubrations, pas le moindre
détail ne correspond au souvenir de cette nuit-là,
mais le choix du romanesque a des vertus inatten-
dues. Je ne m'identifie en rien à ce psychopathe qui
s'emploie à faire chuter son prochain, mais sa per-
ception du temps m'est familière, sa logique tortu-
rée me parle, si bien qu'à la page 100 je ne sais plus
si c'est le personnage qui agit ou si c'est moi qui
projette des sensations, et je me retrouve à nouveau
sur ce toit que j'ai tant voulu oublier. Je n'en veux
pas à cet écrivain à trois sous, il a fait son boulot
sans me faire la morale, à l'inverse de cette belle

bande d'intellectuels qui s'obstinent à interpréter, juger, arbitrer le *Meurtre de la rue des Cascades*. Leur grandiloquence nous en apprend bien plus sur eux-mêmes que sur moi ou mon défunt salaud. Leurs sentences en disent long sur leurs échecs. Leur style nous désigne les maîtres qu'ils n'égaleront jamais. Leur indignation trahit leur besoin de se ranger du côté des gens bien qui pensent si juste. Que faisaient ces lettrés, ces érudits, ces spécialistes, ces observateurs, au soir du 17 juillet, avant que l'irréparable ne soit commis? Bien embêtés qu'ils étaient d'avoir tant de réponses à des questions qu'on ne leur posait pas, encombrés de savantes analyses que personne ne leur réclamait. Tous peuvent me remercier de leur avoir servi le *Meurtre de la rue des Cascades*, parce qu'on s'emmerdait bien, en cet été 61, à Paris. J'en ai stipendié plus d'un! Je leur ai donné plusieurs années de légitimité, j'ai fourni du frisson à la France entière, du cancan, de la bonne conscience, rien que du fameux, et pas un petit merci.

*

En cette fin d'année 65, un incident sur la route de Montélimar par un après-midi bruineux. En rase campagne, sur le bitume, se reflète une zone humide qui a tout l'aspect d'une flaque d'huile. Sans savoir pourquoi, je m'arrête. Malgré le parfait silence, un malaise flotte dans l'air, rien de perceptible pour les sens. J'arpente le bitume à la recherche d'on ne sait quoi, et j'aperçois enfin, dans le fossé, une moto renversée sur son chauffeur inconscient. Deux heures plus tard, l'homme est sauvé. *Il vous doit une fière chandelle*, disent les gendarmes. On repère les marques de pneus d'un véhicule qui a certainement percuté le conducteur avant de s'enfuir. On m'apprend que c'est le cas le plus courant *d'abstention volontaire de porter assistance à une personne en péril*. C'est puni de cinq ans ferme. On me laisse reprendre la route. En héros.

*

Mon petit bonhomme va naître quelques mois plus tard. Il a à la fois les traits innocents de sa mère et mon regard soucieux. Désormais c'est moi qui marquerai pour lui la limite infranchissable entre le bien et le mal. C'est vers moi qu'il se retournera à chacun de ses pas, de peur d'en commettre un faux. Dans ma voix, il devra entendre l'honnête homme.

J'ai su berner sa mère, mais lui ?

On dit que les gosses ne se trompent jamais. Si je mens, il le saura d'instinct. Si je lui dis qu'il faut traverser dans les clous, il aura un doute. Si j'affirme qu'il ne faut pas précipiter les gens du haut des toits, il aura le droit de me rire au nez.

Je ne sais si la naissance de cet enfant a bouleversé mon alchimie mentale, mais j'ai vécu, le

23 mai 1966, une journée tout à fait impensable un an plus tôt. Il s'agissait d'un lundi, pas plus exceptionnel qu'un lundi, et pourtant ce matin-là je me suis réveillé un peu plus tard que d'habitude, j'ai sauté dans mon costume, pris mon café au son du rasoir électrique, foncé pour arriver à l'heure à mon rendez-vous au centre commercial de Saint-Gaudens, Haute-Garonne. J'ai offert le déjeuner à divers cadres, fumé un cigare après le pousse-café, et décroché une belle mise en rayon pour mon bric-à-brac en acier inoxydable. J'ai rejoint Perpignan dans la soirée, pris ma chambre à l'hôtel de l'Esplanade, où l'on m'a monté une tranche de terrine et un verre de blanc. Bien fatigué, j'ai posé ma joue sur l'oreiller en fermant délicieusement les yeux.

Pour les rouvrir tout à coup.

J'avais le sentiment que quelque chose manquait à cette journée. L'axe même de tous mes rayonnements. Le détail devenu le tout. La petite chose en moi plus forte que moi.

Le pivot autour duquel tout devrait tourner. La tumeur du malade. La dose du drogué. L'être aimé porté disparu. C'est le magnétisme du nord, l'œil du cyclone, la force de gravité.

Tard dans la nuit, j'ai fini par trouver : pas un seul instant, tout le jour durant, le *Meurtre de la rue des Cascades* n'était venu me tourmenter.

Pas de réveil sur le toit, pas de phalanges écrasées, pas de boule au ventre à peine assis à table, pas de honte en entendant mon gosse babiller au téléphone, pas de défunt salaud qui pourrit dans un recoin de mon cortex.

Dès le lendemain, l'idée même de fatalité perd de son emprise. Je reste cet animal pris au piège, mais l'animal sait désormais que quelque part se trouve une issue. Cette certitude-là change tout, elle s'inscrit en vous avec la même ténacité que la peur. Elle s'appelle l'espoir. L'espoir de rire à nouveau de bon cœur, de me sentir vivant, de remuer ciel et terre, de me projeter en patriarche de ma tribu, de vieillir le cœur en paix. Un beau matin, qui sait, je me lèverai en pensant à la journée qui s'annonce, j'écouterai la radio, j'irai au travail, et, vers midi, devant ma bavette frites, je me dirai, le premier surpris : *Ah oui, tiens, j'ai tué un homme.*

*

En mars 1970, je manque de m'évanouir dans la salle de bains quand j'entends sur RTL que le tueur de la rue des Cascades s'est constitué prisonnier. Sa photo est publiée dans le *Parisien*, un petit moustachu replet au regard de brute. En se livrant à la police, neuf ans après les faits, il a déclaré ne plus pouvoir *vivre avec ce poids*. Au siège de la Fagecom, à Villeneuve-le-Roi, les transistors restent allumés pendant la réunion des représentants. L'homme à la tête de coupable est un marginal au casier curieusement vierge si l'on en juge par ses déclarations hallucinées : cette fameuse nuit de juillet 61, il a tué de sang-froid, sans mobile particulier, commandé par une force qui le dépassait. Le *Meurtre de la rue des Cascades* a été le premier d'une liste de cinq autres, tout aussi réussis. Le moment venu, il donnera l'emplacement des corps. Il ne regrette rien et ne demande aucune clémence.

Le soir même, il fait l'ouverture du journal télévisé. Ma femme l'admire presque de s'être livré de lui-même. Un comble! Je sens dans son regard de la compassion pour cet usurpateur! Comme s'il suffisait d'avoir une tête d'assassin! Avec le bon éclairage, le bon angle, tout le monde a une tête d'assassin! Le gros du travail n'est pas là! J'ai envie de crier au monde son imposture. Je me sens dépossédé. JE suis le tueur de la rue des Cascades! Ce meurtre, c'est moi! Ce mystère est le mien! Je suis détenteur d'un secret qu'un peuple entier voudrait percer. Si vous saviez, vous tous, que je fais partie du patrimoine! Ce fumier vous raconte n'importe quoi, ne l'entendez-vous pas? Il ne sait rien de cette souffrance que porte en lui l'homme qui a tué! Il n'a rien fait pour se draper dans l'ombre sépulcrale du faucheur! Tartuffe! Mystificateur! Le *Meurtre de la rue des Cascades* m'appartient, fumiste! Chaque matin je me suis réveillé le ventre déchiré, chaque soir je me suis couché en pleurs, et tu voudrais me déposséder de tout ce que j'ai enduré?

Je suis soulagé quand on annonce que le suspect a été relâché. La police a fini par me donner raison, ce pauvre type était fasciné par le *Meurtre de la rue des Cascades* depuis le premier jour, et en être l'auteur aurait donné un sens à sa vie. Mais n'est pas ce tueur légendaire qui veut ; l'usurpateur n'a pas su répondre aux questions pièges dont seuls les flics — et moi — avons les réponses. Pourtant, ce pourri-là fait école. Depuis, on compte, par an, une moyenne de trois prétendants au titre. Des fous, des désespérés, des obsessionnels, des fétichistes, tous ont une triste raison de vouloir me voler *mon* affaire mais, Dieu soit loué, personne ne passe les éliminatoires.

Un dimanche de l'été 76, en pleine canicule, je nous revois, ma petite famille et moi, remonter l'avenue des Champs-Élysées, un esquimau à la main. J'ai pourtant tout fait pour les laisser à la maison, mais quoi de plus suspect pour un père que d'aller au cinéma seul ? Devant les affiches, je lorgne vers un film policier, trop violent pour notre fils, dis-je. Mais le gosse veut à tout prix me suivre et, contre toute attente, sa mère ne s'y oppose pas. Je me retiens de leur crier : *Tous les deux, je vous aime par-delà l'entendement, mais si vous pouviez, juste deux heures durant, me foutre la paix !* Je tente un dernier argument, qui porte : la salle où l'on projette mon film n'est pas climatisée. Ils s'en vont voir une comédie, et je prends mon ticket pour *Meurtres en cascades*, tiré du roman paru naguère.

Des toits à perte de vue, un désert d'ardoises.

Une antenne plantée là, comme un cactus. Deux ombres se découpent dans la nuit, deux hommes hagards, convulsifs. L'un vitupère, l'autre s'épouvante. S'engage un duel sous la lune dont personne ne peut deviner l'issue. La mort attend, six étages plus bas, l'un des deux. La scène, fascinante, réveille en moi des pulsions irrésistibles, elle restitue un point essentiel : l'émergence subite d'une haine qui submerge deux êtres venant de se jurer une amitié éternelle. Un grain de sable a fait tourner la machine à l'envers, un rien, un regard, un silence mal interprété, un coup de fatigue, une gorgée de trop, mais plus question de revenir en arrière : le vaincu perdra tout.

À la suite de ce traumatisme, l'assassin d'un soir vire au psychopathe qui veut reproduire son crime. La puissance de cette première séquence ne se retrouvera plus, je redeviens un simple spectateur, curieux de détails sans importance quand apparaît le monstre ; on le voit se nourrir, se vêtir, se comporter en société : il est mon contraire en tout.

L'acteur qui jouait mon rôle n'a pas connu de carrière notable. Je l'ai revu il y a peu dans une publicité pour un fixateur d'appareil dentaire.

*

En 1979, j'ai quarante-six ans, et l'on a beau m'expliquer que c'est la fleur de l'âge, que je n'en suis qu'à la moitié du parcours, que j'ai une forme de jeune homme, que je gagne en maturité sans perdre en tonus, personne ne se doute qu'en réalité je suis vieux d'un millénaire. C'est comme si Caïn m'avait passé le flambeau depuis la nuit des temps pour représenter la grande communauté de ceux qui ont transgressé la loi suprême. Personne n'imagine la quantité d'énergie que me demande encore le *Meurtre de la rue des Cascades*. La dissimulation m'a usé, l'angoisse m'a couturé de l'intérieur, je me débats dans un questionnement éternel, je suis une énigme séculaire. Ceux qui ont tué pour défendre leur pays sont des héros, ceux qui ont tué pour se sauver eux-mêmes sont des rescapés, ceux qui ont tué par obéissance à une force impérieuse sont des irresponsables, ceux qui ont tué au nom d'une utopie sont des idéalistes, ceux qui ont tué par appât du gain sont des hors-la-loi, ceux qui ont tué par amour sont des passionnels. Pour mon grand malheur, aucune de ces catégories ne saurait m'accueillir dans ses rangs. J'aurais beau supplier petits et grands assassins de notre siècle, aucun ne tirerait la plus petite gloire à poser à mes côtés. Je n'ai pas tué de peur qu'un ivrogne me foute par terre, je n'ai pas tué pour 57 francs, je n'ai pas tué parce que la pleine lune m'a transformé en loup : j'ai tué pour rien, et ce rien m'a exténué. Dix-huit ans après les faits, je n'ai toujours pas su faire le deuil de ma victime. Et pourtant, à l'aube de cette décennie 80, la justice des hommes m'en donne le droit.

Car les hommes ont inventé l'oubli légal, une

judicieuse façon de métaboliser la faute. Qui saura d'où vient la clémence des messieurs au col d'hermine ? J'apprends devant mon poste de télévision que j'ai désormais droit à ce qu'on me foute la paix. Le 11 avril 1979, une émission aujourd'hui disparue, « Les Dossiers de l'écran », consacre une soirée au *Meurtre de la rue des Cascades*. Après la diffusion du film sorti en salles quelques années plus tôt, on réunit sur un plateau divers intervenants, flics chargés de l'enquête, chroniqueurs judiciaires, et même un ancien concierge qui donne à ce bel aréopage un peu de vécu. Plusieurs millions de téléspectateurs attendent un scoop qui ne viendra jamais, excepté pour moi. Le commissaire de police qui résume toute l'affaire conclut en disant que l'enquête a duré huit ans avant que l'on y mette un terme en 1969, faute d'élément nouveau. Si l'on prend en compte les dix années révolues qui ont suivi, le *Meurtre de la rue des Cascades* fait officiellement l'objet d'une prescription.

Je suis libre.

La meute ne peut plus m'attendre au coin du bois. J'ai le droit de le crier sur les toits ! Oui, je peux à nouveau me promener sur les toits de Paris et m'y soûler la gueule ! J'apprends, dans mon fauteuil, que l'impunité existe bel et bien. Je n'irai pas en prison. Jamais. Si je m'écoutais, je foncerais en taxi rejoindre le plateau télé, y faire une entrée fracassante devant des millions de téléspectateurs, attirer toutes les caméras à moi, narguer le préfet de police, me présenter comme la clé du mystère, l'auteur en personne du fameux meurtre. Devenir, le temps d'une minute, l'homme le plus exposé de France, après avoir été le plus traqué, le plus effacé, le plus honni, le plus misérable. Me laver de ces années de ténèbres dans cette bourrasque de lumière.

Ma femme, qui tricote un chandail, jette alors un œil sur l'écran et gronde :

— Encore un salaud qui s'en tire bien.

Mon petit rêve de gloriole s'effondre. Je garderai donc ma joie pour moi. Moi qui si longtemps ai gardé ma peur.

La vie reprend son cours, mais le *Meurtre de la rue des Cascades* vient de changer de statut, il entre désormais dans la catégorie des affaires non élucidées. Une consécration. Mon assassinat entre à l'Académie, c'est devenu un classique, un jour on l'étudiera en Sorbonne. Classer une affaire d'une telle envergure lui donne un regain d'intérêt médiatique car vient planer à nouveau l'ombre de la raison d'État. Comment un meurtre qui a passionné les Français, où se mêlaient à la fois la pègre et le show-business, n'a-t-il jamais trouvé de coupable, sinon par un verrouillage qui venait de très haut ? On soupçonne une collusion entre la pègre et le gouvernement de l'époque, un chantage pour affaires de mœurs, des dessous qui nous dépassent, une maîtresse déchirée entre pouvoir et mafia, un

exécuteur qui prend l'escalier de service de l'Histoire.

Je porte seul toute la vérité. Le poids de la culpabilité me semblait moins lourd.

*

Le *Meurtre de la rue des Cascades* fait à nouveau parler de lui en 1988. La « séquence ADN »
est désormais utilisée pour toute procédure judiciaire. Mon fils m'explique que la moindre trace
laissée par un corps — sueur, cheveux, salive,
larme, poussière d'épiderme — permet d'identifier
de façon formelle un coupable. Pour illustrer ce
grand pas de la science au service de la justice, il
prend l'exemple du fameux meurtre. *Mais si, sou-
viens-toi, papa...* Il me rappelle que sur la scène de
crime a été trouvée une bouteille d'eau-de-vie qui,
vingt-sept ans plus tard, peut encore fournir une signature. Il me confirme que dans les temps futurs
on constituera une gigantesque banque de données
qui stockera l'ADN de millions d'individus. Remonter jusqu'aux coupables deviendra un jeu d'enfant. J'imagine que si ce grand annuaire des malfai-
sants existe un jour, je n'y figurerai pas. Comment
mon nom pourrait-il côtoyer celui du délinquant de
base, du truand à la petite semaine, du tueur ordinaire ? Si l'on me référencie, c'est dans le who's
who de la canaille, le bottin mondain du crime.

Resterai-je l'auteur du dernier meurtre non résolu?

*

Plus les années passent, plus ma femme se vante de vivre auprès du plus doux des hommes, au point de me gêner devant des tiers. *Pas une seule fois je ne l'ai entendu hausser le ton*, dit-elle, *il est tendre comme une femme, affectueux comme un enfant*. Chacune de ses copines dit lui envier son *trésor de mari, patient, aimable, un charme*. À la longue, j'ai compris comment j'étais devenu cet être délicieux. Si l'on part du principe que tout individu dispose d'un stock limité de sentiments hostiles, il est clair que toute mon agressivité, toute ma hargne, toute ma mauvaise foi, toute ma noirceur, toute ma malveillance, toute ma rudesse ont été évacuées d'un seul coup, et pour toujours, en écrasant les doigts d'un type qui s'accrochait à la vie.

*

Je vieillis mais le *Meurtre de la rue des Cascades* ne prend pas une ride. Quand les criminologues cessent de s'y intéresser, les docteurs en sciences humaines s'en emparent. Ils y voient le symptôme avant-coureur du cynisme généralisé dont souffre aujourd'hui l'époque. Les symboles sont irrésistibles : la victime est issue du peuple, c'est un laissé-pour-compte, un oublié qui *dégrin-gole* dans tous les sens du terme. Le gangster repré-sente ce deuxième pouvoir, qui sévit au mépris des lois et qui échappe aux forces de l'ordre. Et naturel-lement, il y a le sexe, au centre de tout, le sexe mêlé de strass, que demander de mieux ? Reste la grande absente, la justice en personne, censée à la fois nous protéger et nous intimider. À moins qu'elle n'ait eu à protéger, cette fois, des intérêts supérieurs que l'homme de la rue n'a pas à connaître.

La combinaison des quatre offre toutes les fi-gures idéologiques imaginables.

Ces théories, dont je ne saurais dire si elles ont un quelconque fondement, m'empêchent d'oublier le *Meurtre de la rue des Cascades*. Il ne me tour-mente plus mais je le porte en moi comme un or-gane mort, impossible à opérer, un appendice, ni bénin ni malin, qui pourrira avec le reste. Même la vision récurrente des phalanges écrasées sous ma semelle a disparu. J'ai fini par la classer dans les images d'archives, celles dans lesquelles on doute-rait presque d'avoir été présent puisqu'on est celui qui a fait le film.

Les étapes de ma petite vie de salarié se succè-dent, toutes prévisibles, toutes dûment franchies — ce que d'autres, plus méritants, appellent une car-rière. Jusqu'à ce jour où, devant une cinquantaine d'invités, mes chefs me souhaitent une bonne re-traite. Ce simple événement, censé représenter un

accomplissement dans la vie de l'homme de la rue,
prend toute son ironie si on le compare à un autre,
survenu la même année — quoique le mot ironie ne
veuille plus dire grand-chose à mes yeux depuis
cette fameuse nuit du 17 juillet 1961 ; ma vie ressemble à une anthologie de l'ironie, un traité ex-
haustif de l'ironie, un monument érigé en son honneur. Peu après ma petite cérémonie d'adieu au
monde du travail, sort sur les écrans un film américain qui va, à sa manière, rendre le *Meurtre de la
rue des Cascades* universel. Librement inspiré du
film français sorti vingt ans plus tôt, celui-là est une
machine de guerre hollywoodienne, avec stars et
budget pharaonique (quand je repense à ce défunt
salaud qui portait une ceinture en carton bouilli retenant un pantalon en guenilles, quand je revois sa
chambre de bonne miteuse, et moi, gémissant après
mes 57 francs... ironie toujours). L'intrigue, com-
plexe, mêle habilement les petites destinées individuelles et les enjeux internationaux, il y est question d'espionnage et de guerre contre les puissances
du mal. L'acteur qui joue mon rôle a jadis gagné un
oscar pour avoir incarné un boxeur célèbre, mais il
a aussi joué un chef de clan mafieux, le président
des États-Unis et un dieu grec qui retourne sur
Terre. Il sera désormais, aux yeux du monde, le
tueur de la rue des Cascades. Et moi, au milieu
d'une salle obscure perdue dans une ville nouvelle,
je suis ébloui par ce géant qui m'apporte sans le
savoir un apogée. Que je suis petit, enfoncé dans

mon siège, insignifiant, dérisoire. Je comprends alors, dans ce siècle finissant, que seul le cinéma sait désormais inscrire les légendes dans nos mémoires. Un saint homme est condamné à disparaître si sa gloire reste contenue dans quelque grimoire. Mais un scélérat va entrer dans l'Histoire pour peu que la lanterne magique ait pris la peine de l'éclairer. Nos enfants se souviendront de Jeanne d'Arc parce qu'une célèbre actrice lui a prêté ses traits et qu'une de ses batailles a été tournée en scope. Comme ils se souviendront désormais du tueur de la rue des Cascades. J'entre officiellement au Panthéon des criminels, aux côtés des Lacenaire, Jack l'Éventreur, Landru et Al Capone.

*

Hier nous avons porté en terre celle qui chaque matin s'est blottie contre moi en remerciant le Ciel que j'existe. Il est temps que le monde apprenne, lui aussi, que j'existe.

Pourtant, en prenant le chemin du commissariat, mille fois imaginé, en répétant une confession mille fois réécrite, le doute m'envahit.

Ai-je le droit de donner à ce tueur mythique mon visage ridé de grabataire ? Qui a envie d'entendre la ridicule histoire de deux ivrognes qui dérapent sur des ardoises ? Après tout, rien ne me dit que je serai à la hauteur du *Meurtre de la rue des Cascades*. Il est tout ce que je ne suis pas, romanesque, prestigieux, immortel. Que peut l'homme de la rue face à la légende, sinon lui ôter une part de rêve ? Pour qui est-ce que je me prends, bon Dieu ! Le chef-d'œuvre dépassera à jamais son créateur. Le monde entier connaît le rayonnement de la statue de la Liberté, mais qui se souvient du nom de Bartholdi ?

Tout à coup je me demande si ce besoin de me rendre n'est pas une façon détournée de me venger de *lui* ? Lui qui m'a tant fait souffrir. Lui à qui j'ai dédié toute mon existence.

J'aperçois l'antenne de police, à l'angle. Il est encore temps de rebrousser chemin.

Si je passe la porte du commissariat, le reste de ma vie lui sera encore dédié. Je deviendrai un objet de curiosité planétaire. Traqué non plus par la justice mais par ces spécialistes, docteurs en tout, analystes, exégètes, éditorialistes que j'ai tant honnis. On ne me laissera plus en paix jusqu'à mon dernier souffle. Je vais devoir quitter mon quartier, mes habitudes de petit vieux. En ai-je encore la force ?

Mon regard s'arrête sur chacun des passants que je croise. Des anonymes. Mes semblables. Quitter ce monde-là sera sans doute une funeste erreur. Pourquoi ne pas rentrer sagement à la maison pour affronter mon veuvage, prétendre lui survivre ?

Tout à coup l'homme de la rue se sent bien seul devant pareille décision.

Lentement, je me remets en marche, mais au lieu de faire demi-tour, mes pas prennent le chemin de la consécration. Tant d'années plus tard, plus personne ne verra en moi le coupable. Je vais être fêté, reconnu, admiré ! Mon fils va me regarder autrement. Incarner un assassin de légende, ça a quand même plus de gueule que de construire un barrage ou de rouler en cabriolet.

Je fais un signe de tête au planton, entre dans le commissariat, théâtre des petites tragédies ordinaires, embrouilles de quartier, mains courantes. Goûtez à ces dernières secondes de calme avant la tempête, messieurs les agents, car dans moins d'une heure vous allez être assiégés par toutes les télés du pays.

Parmi les trois types en bleu, je choisis le plus modeste, le plus discret, le moins gâté physiquement, celui qui a une gueule de brave gars qui s'ignore. Un gars qui, débarrassé de sa casquette et de sa matraque, est un homme de la rue comme un autre. J'ai envie de lui faire un cadeau, de le distinguer. Désormais, il sera l'homme qui a arrêté le tueur de la rue des Cascades.

Un gradé, au Quai des Orfèvres, prendra vite sa relève. Le préfet en personne donnera une conférence de presse. L'ADN va établir de façon certaine que, ce soir-là, j'étais sur ce toit. Mais je ne résisterai pas à l'envie de sacrifier à la tradition en répondant aux deux questions auxquelles personne n'a su répondre. *Que contenait la bouteille ?* De l'alcool de mirabelle. *Que lisait-on sur l'étiquette ?* Elle était minuscule, on y distinguait à peine le chiffre 59, l'année de distillation.

Je ne suis plus très sûr d'avoir vécu cette petite vie de vendeur d'outillage qui cultivait son carré de jardin auprès de sa douce épouse. Je crois au contraire que, toutes ces années, j'ai été ce tueur mystérieux que la police recherche, que la foule rêve de lyncher. Chaque matin je me suis levé, persuadé de vivre mes dernières heures de liberté, et chaque soir je me suis couché en pensant très fort : *Encore une journée de gagnée.* Chaque fois qu'un type m'a écrasé le pied dans le métro, j'ai été sur le point de lui dire qu'il s'attirait les foudres d'un tueur mystérieux qui a épouvanté le pays.

Ma cavale aura duré un demi-siècle.

— Bonjour monsieur l'agent. Je viens signaler un meurtre.

L'origine des fonds

à Hugues

L'argent, l'argent, l'argent.

L'homme dont il est question ici en gagnait bien plus qu'il n'en dépensait. Concevoir, élaborer, fabriquer lui procurait toutes sortes de satisfactions. Consommer, aucune. Issu d'un milieu modeste, il trouvait parfois indécent de se voir payer de telles sommes pour le si doux effort que lui dictait son talent. Souvent il s'interrogeait sur l'aptitude de ses contemporains à convertir en plaisir le fruit de leur travail, toujours en avance d'un désir, doués d'une imagination sans limite dès qu'il s'agissait de posséder ou de jouir. Et peu importait si ce désir s'estompait à peine l'objet acquis, il en surgissait un autre qui déjà justifiait tant de sacrifices à venir. Mais cet homme-là obéissait à une tout autre logique : quand, après des mois de labeur, épuisé mais satisfait du devoir accompli, il décidait de s'accorder une faveur, il se projetait au bord d'une eau turquoise, affalé dans un transat, et s'y ennuyait dans l'instant. Puis il se voyait inviter quelques amis autour d'une table étoilée, qu'il décommandait aussi vite. Enfin, il se mettait en quête d'un bien matériel, un petit bonheur palpable, une folie, une voiture de sport, une statuette. Mais, n'ayant ni le permis de conduire, ni le moindre goût pour un art autre que le sien, il se laissait happer par le sommeil sans joie de l'homme qui ne rêve plus à rien. Ces nuits-là il se réveillait agité, hésitait entre un somnifère et un verre de whisky, renonçait aux deux pour se débrouiller seul avec une angoisse si prévisible : son inconscient le rappelait à l'ordre. *Te voilà désinvesti, libre comme l'air. Tu penses pouvoir t'accorder un peu de bon temps ? Tu imagines avoir droit à ta part de bien-être ? N'oublie pas que je suis là, je veille. Si tu t'avises d'en prendre à ton aise, je ne te louperai pas.* Du tréfonds, du siège même de tous ses tourments, on lui répétait le danger d'avancer à découvert et non plus protégé par la délicate obsession de la belle ouvrage.

Habitué depuis le plus jeune âge à obéir à cette sommation, il se pelotonnait sous les couvertures, tentant de calmer le dragon par la raison, faute d'avoir su l'apprivoiser. Alors s'accomplissait un véritable miracle. Le malheureux se sentait visité par une idée, une trouvaille, une épiphanie, qui pouvait se révéler, pourvu qu'elle résiste à cette nuit de veille, la toute première pierre d'un gigantesque édifice. Et dès le lever du jour, il se remettait au travail.

Riche, il l'était certes, mais combien il avait payé cher cet argent-là.

Il avait confié la gestion de ses biens à un ami rompu aux jeux de la finance. À la fois audacieux, vigilant, et fier de rendre ses proches plus riches encore. Pour ceux qui les connaissaient, leur duo ressemblait à une variation dévoyée, mais ô combien réjouissante, de *La cigale et la fourmi*. Dans cette version-là, c'était la cigale qui priait la fourmi de disposer de ses biens, et c'était la fourmi qui encourageait la cigale à profiter de l'existence. *La cigale ayant gagné gros, se trouva fort dépourvue quand la cinquantaine fut venue. « Tu vas mourir riche faute d'avoir vécu », lui dit la fourmi sa copine. Mais la cigale au cœur sans joie, sans héritier ni ayant droit, remplissait tous ses greniers, et se remettait à chanter.*

La confiance de l'artiste en son comptable était telle que s'il lui avait conseillé d'investir dans la caillasse et le chiendent, ou s'il lui avait fait passer des billets de Monopoly pour de l'argent réel, l'artiste y aurait cru sur parole. Et en vingt ans d'amitié, il allait pour la première fois remettre en question un interdit de son comptable, comme s'il avait voulu à tout prix créer une exception pour connaître la joie de confirmer la règle.

Ce matin-là, l'artiste demanda à son chauffeur de le déposer, loin de leurs circuits habituels, dans une banlieue austère et introuvable, perdue entre une forêt et un aéroport. Dans cette ville nouvelle sans âme, ils cherchèrent longtemps une ruelle où, face au seul bistrot à la ronde, se tenait la succursale d'une petite banque de quartier.

— Je vous laisse devant, monsieur? Je veux dire... seul?

Le chauffeur savait combien son patron redoutait de faire le moindre pas hors de sa présence. Le plus souvent, il le déposait à des adresses où un portier prenait le relais, où un comité d'accueil s'empressait de le guider. Mais pour la première fois depuis longtemps, l'artiste n'était pas attendu. Livré à lui-même, il s'aventurait maintenant en terre inconnue. N'ayant pas mis les pieds depuis plus de vingt-cinq ans dans un établissement comportant un guichet, il s'étonna que l'automate ait à ce point remplacé l'humain. Mal à l'aise, tenté de rebrousser chemin, il se hasarda vers un box, où une jeune femme lui indiqua la marche à suivre pour ouvrir un compte.

— Vous laissez combien, comme somme de dépôt?

— À vrai dire, je n'en ai aucune idée. Un million d'euros?

Devant le regard troublé de l'employée, il se sentit pris en faute et ajouta :

— Alors disons... deux?

Aguerrie, la fille aurait su quoi répondre à un chômeur aux abois, à une lycéenne écervelée, à une divorcée sur le carreau, à un retraité sans retraite, à un apprenti boursicoteur. Mais devant cet inconnu elle resta sans voix, persuadée qu'il s'agissait d'une blague ou, pire, d'une tentative d'escroquerie. Une seule personne dans l'agence était habilitée à recevoir les farfelus et autres gangsters : le directeur.

Mais le directeur avait ce matin-là bien d'autres préoccupations en tête ; soucieux depuis le réveil, il attendait le coup de fil de sa fille après l'affichage des résultats du baccalauréat. Toute la maisonnée avait vécu au rythme des révisions, tous l'avaient aidée, rassurée ou motivée comme ils avaient pu, mais le plus concerné avait été le père, pour qui ce bac n'était pas une clé d'entrée pour où que ce soit, mais juste un *niveau 0*, le tout premier pas d'une carrière. Il aurait tant voulu que sa fille passe cette étape, certes symbolique, mais si encourageante pour qui veut poursuivre. Il aurait donné n'importe quoi pour lui faire quitter l'inertie de sa génération, lui donner le goût de l'effort en ce monde où il fallait batailler sans relâche. Tant de fois, il avait essayé de lui faire profiter de son expérience dans la banque, qu'il voyait comme un poste d'observation où l'espèce humaine se révèle vraiment, dans son rapport à l'argent. Il en avait tant vu, qui promettaient mais cessaient de lutter, qui refusaient de comprendre comment tourne la machine, qui préféraient la misère au labeur, qui se laissaient entièrement gouverner par le principe de plaisir sans jamais se soucier du principe de réalité. Il voulait aider sa fille à éviter les pièges dans lesquels ils se précipitaient tous, se pensant à l'abri dans une société où vivre au-dessus de ses moyens était la marque des vainqueurs. En dépit de réelles capacités, la petite était en proie aux sollicitations de son époque, sans cesse à l'affût d'une vie relationnelle, bien plus préoccupée des intrigues de son entourage que de son propre parcours. Combien d'efforts avait-il fournis, lui, le père aimant, pour comprendre le monde des adolescents, si énigmatique. Combien de fois s'était-il remis en question — trop permissif? pas assez? —, hanté par l'angoisse de commettre une erreur, de traumatiser la petite sans le savoir. Une seule certitude dans cette abondance de doutes : il l'accompagnerait jusqu'à ce qu'elle se débrouille seule, et s'il le fallait, tout au long de sa vie. Le chemin serait parsemé d'embûches, de détours et d'étapes apparemment inutiles. La toute première, c'était ce bac.

Il dut cependant recevoir, sans rendez-vous, cet inconnu qui en exhibant sa fortune cachait forcément une embrouille. Le directeur le savait mieux que personne : on ne plaçait pas deux millions d'euros dans *sa* banque. Car sa banque était celle des précaires anonymes, des abonnés à la colonne débit, des petits couples qui en prennent pour vingt ans, des salariés toujours un peu dans le rouge, des rabiots à 2 %, des fins de mois qui commencent le 10. Une banque qui sait dire non avec le sourire mais qui n'aime rien tant que prêter aux nantis, une banque où chacun pouvait gérer sa petite crise individuelle à l'abri des grandes. Du reste, aurait-il préféré travailler dans une banque de riches et vivre au rythme des places boursières ? S'endormir au son du Nikkei, se réveiller au chant du CAC, parler couramment le Dow Jones ? Cesser de voir ses amis pour fréquenter des partenaires, préférer les croisières entre actionnaires aux vacances en famille, se compromettre en politique ? Il ne le saurait jamais, mais à voir la tête de cet égaré qui entrait maintenant dans son bureau, il se dit que les riches auraient réduit son espérance de vie bien plus vite que les pauvres.

Le banquier jaugea son homme à l'ancienne, comme son père le lui avait appris, en se fiant à deux critères : la poignée de main et les chaussures. Si l'état de la barbe et la vétusté des vêtements ne donnaient de nos jours aucune indication tangible sur l'éducation et le rang social d'un individu, les chaussures, et le soin qu'on leur portait, ne trompaient jamais. En plus de l'élégance, elles révélaient le bon sens, la fiabilité, le respect pour les matériaux nobles, le savoir-faire de l'artisan et, pour peu qu'elles soient cirées et lustrées, elles dénotaient le choix du long terme dans un monde où s'était imposée l'obsolescence. Dans le même registre, la poignée de main était l'indicateur suprême. Très peu d'individus savaient passer ce premier cap, devenu si machinal, si convenu, qu'il en perdait son sens originel. Dans sa carrière de banquier, il avait connu des poignées de main distantes, sans conviction, doublées d'un regard fuyant qui annonçait un échange dans la méfiance mutuelle.

Certains même cherchaient à l'éviter et s'ingé-
niaient à lui trouver un équivalent, une courbette,
un papillonnage des doigts, un hochement de tête,
une petite dérobade du torse. Rien que des tordus,
des déviants ! En de très rares occasions, il avait
croisé des hommes au regard limpide et droit, qui
lui avaient serré la main avec une fermeté appelant
sur-le-champ la concentration, l'attention à l'autre.
Il avait appris à ne pas jouer au plus fin avec ceux-
là, se gardant bien de les amadouer avec un sabir de
financier, de brusquer une confiance qu'ils n'accor-
deraient qu'après la mise à l'épreuve.

L'homme aux deux millions d'euros portait des
baskets élimées d'ancien jeune, et sa poignée de
main, sans la moindre consistance, n'inspirait pas
plus confiance que son entrée en matière :

— Tapez mon nom sur Internet, on va gagner du
temps.

Pris de court, le directeur sourit à l'idée que cette
époque où l'on jaugeait son homme à l'ancienne
était bien révolue. Désormais il faudrait s'adapter à
cette procédure-là, ne fréquenter les interlocuteurs
que par écran interposé, comme le faisaient ses
propres enfants avec leurs *amis* sur leurs *réseaux
sociaux*. De fait, en tapant le nom du client sur un
moteur de recherche, le banquier vit apparaître cent
fois son visage. Malgré la multiplicité des am-
biances, des cadrages, des lumières, on reconnais-
sait systématiquement son air triste, désemparé
d'avoir à poser, d'être au centre, seul ou en groupe.

Parmi cette étonnante mosaïque de portraits, l'œil du directeur fut attiré par un cliché en particulier, car si le visage de son client ne lui rappelait rien de connu, celui qui souriait à ses côtés lui fit battre le cœur.

— C'est... Bob Dylan, là? Le vrai?

— Le vrai.

Bien des années auparavant, le banquier avait été un jeune rebelle qui en serait venu aux mains si on lui avait dit qu'il ferait carrière dans la banque. Il aurait même éclaté de rire si on lui avait prédit qu'il se ferait un sang d'encre le jour du bac de sa fille. À cette époque-là, il écoutait en boucle un disque usé par les craquements, où la voix rocailleuse d'un poète l'invitait à bousculer l'ordre du monde.

— Le fait que vous vous arrêtiez sur cette photo prouve que nous avons sensiblement le même âge. Un autre aurait été attiré par celle juste en dessous.

Laquelle représentait son client, plus jeune, la cigarette au bec, auprès d'un autre poète.

— ... Trenet? Charles Trenet?

Le banquier remonta encore le temps et, cette fois, il revit son bien-aimé père fredonner, que l'occasion fût triste ou joyeuse, des chansons de Trenet. À un mariage, il avait chanté *Le soleil et la lune*. À un enterrement, *La folle complainte*. Et son fils n'avait compris que bien plus tard toutes les tendresses et les fourberies que cachaient les paroles.

Charles Trenet, Bob Dylan, deux idoles, deux

légendes et, au milieu, le même hurluberlu au visage triste qui aurait tout donné pour être ailleurs.

— Vous êtes musicien?

— J'écris des chansons, paroles et musique, que je destine à des interprètes. Que vous ne me connaissiez pas n'a rien d'étonnant, personne ne connaît les noms ni les visages des auteurs-compositeurs qui ne se produisent pas sur scène. À vingt ans, j'ai presque forcé la porte de Trenet pour qu'il écoute mes maquettes. Il m'a servi de parrain, de passeur, c'est lui qui m'a présenté à tous les grands avec lesquels je rêvais de travailler. Dylan, c'est récent. Pour un groupe de folk-rock, j'ai écrit tout un album en anglais qui s'est révélé une machine à tubes, dont un morceau intitulé *Back From the End*, dont Bob a joué une reprise dans sa tournée de 2002.

— ...

— Vous avez des enfants?

— Oui, deux. Quinze et dix-huit.

— L'un des deux connaît sûrement les Verbatim, des petits gars d'Angers qui remplissent le Stade de France trois soirs de suite. J'écris aussi pour eux.

— Attendez une seconde... Ce sont bien eux qui chantent un truc avec *Carpe Diem* dans les paroles?

— *Carpe Noctem*. Un million et demi de téléchargements sur YouTube.

— Jusque-là vous m'impressionniez, mais maintenant je suis sur le point de vous maudire.

Mon cadet nous casse les oreilles avec ça depuis six mois, et quand je lui demande de baisser le son il me traite de vieux.

Le soir même, le banquier allait acquérir le statut de demi-dieu en annonçant à son petit dernier qu'il avait comme client l'auteur de *Carpe Noctem*. Un type de son âge, mais qui réunissait, à lui seul, un public de cinq ou six générations cumulées.

— D'habitude je suis bien plus discret sur mes activités. Vous n'allez pas me croire : je suis un gars modeste ! Mais je voulais nous épargner des présentations inutiles et vous prouver que j'étais solvable. J'ai travaillé trente ans sans relâche, j'ai gagné des fortunes que j'ai placées dans des paradis fiscaux. Aujourd'hui je me propose d'ouvrir un compte chez vous, et ce malgré les protestations de mon comptable.

— Vous auriez dû venir avec lui, j'aurais su le convaincre. Nous proposons des produits fiables dans un marché qui ne l'est pas.

Le banquier vit là le moment de placer, en rythme, riche de tournures bien tempérées, le couplet sur les performances de son groupe : un accord de spéculation, un contrepoint de fiscalité, un bémol de crise boursière. Il tenait là son solo et comptait bien le jouer jusqu'à la dernière note. Mais dès la toute première, son client avait déjà cessé de lui prêter attention comme on cesse d'écouter le récitatif d'un opéra en attendant l'aria. L'artiste refusait net d'entendre cette partition, la plus dissonante qui fût pour lui, et, afin de tromper l'ennui, il assembla quelques termes à peine sortis de la bouche du directeur, *obligataire*, *option*, *ticket*, *valeur de l'unité*, pour trousser une chansonnette sur les conseilleurs et les payeurs. Peu inspiré, il parvint tout juste à faire rimer *forfaitaire libératoire* avec *planque tes sous dans une armoire*, puis jeta le tout dans une corbeille, et sortit son chéquier pour couper la parole au banquier, parce que, après tout, il était venu pour qu'on l'écoute, pas l'inverse.

— Voici un chèque de deux millions d'euros, que vous gérerez comme vous l'entendrez.

— Votre impressionnante carrière parle pour vous. Mais, ne le prenez pas mal, c'est la procédure habituelle, je vais avoir besoin de connaître l'origine des fonds.

L'origine des fonds. Le parolier s'arrêta sur ces trois mots qui, pour peu qu'il les épingle dans son petit atelier, pouvaient, pour de bon, lui inspirer un tube.

— Je vais vous expliquer, et dans le détail, d'où vient cet argent. D'où il vient *viscéralement*. Mais avant de vous raconter l'histoire de cet argent-là, je vous demanderai de vous engager à ne pas m'interrompre.

D'un geste sec par-delà la cloison vitrée, le patron fit signe à sa secrétaire de ne plus le déranger. *Je vous écoute*, dit-il en se préparant à un aveu du ressort de la confidentialité bancaire. Tous ces types du show-biz avaient sans doute des choses à cacher, et leurs argentiers se devaient de les assister comme les hommes d'Église leurs pécheurs.

— Pour bien comprendre l'origine des fonds, je dois remonter à la nuit des temps. L'enfance et ses trésors d'innocence.

Au mot *enfance*, le banquier imagina les affaires alambiquées d'une grande famille française, avec en ligne de mire un héritage sanglant.

— ... L'enfance qui fait de nous des êtres à jamais nostalgiques, inconsolables de tant d'exaltations, de découvertes et de conquêtes. Mes parents étaient, comme on les appelait à l'époque, des « Français moyens », des gens sans histoires, qui dans la fleur de l'âge se préparaient déjà une retraite paisible dans un pavillon au soleil. J'étais alors un petit garçon intrépide, celui qui s'octroie le rôle du Capitaine Fracasse, qui ose regarder sous les jupes des filles, qui chaparde des pommes, un vrai garnement, capable de tout mais pas méchant pour deux sous. Quand je repense au petit garçon vivant et courageux que j'étais, j'ai l'impression d'évoquer l'enfance d'un autre. Si vous saviez à quel point j'ai aimé mes toutes jeunes années...

Jusqu'où allait-il remonter ! Le banquier redoutait maintenant d'avoir affaire à un riche excentrique qui prend son banquier pour son psychanalyste et son psychanalyste pour son meilleur ami. Un de ces types qui travaillent la nuit et qui le jour s'amusent à perturber le bon fonctionnement du corps social. L'enfance ! Qui donc se souciait de

l'enfance de ce fou, fût-il génial, et dût-il connaître
le pape !

— Je me revois encore arpenter le quartier où je
suis né, le nez au vent, les mains dans les poches,
l'humeur aux bêtises, libre d'enfreindre les règles,
de chercher l'aventure au coin de la rue, de me
prendre pour un vengeur de bandes dessinées, de
défier une bande rivale. Libre, oui, comme plus jamais je ne l'ai été.

Cette enfance-là pouvait durer des heures ! Et sa
propre fille était, en ce moment même, en larmes,
de joie ou de déception ! Il allait rater ce rendez-
vous si symbolique, à cause de ce client à deux millions d'euros qui se payait le luxe d'avoir eu une
enfance !

— Quand on repense à l'enfant qu'on a été, chacun de nous se souvient d'un moment de splendeur,
un pur moment de triomphe qui rayonne encore
dans notre cœur d'adulte, et c'est celui-là qui, peut-
être, nous fera dire, à l'heure du dernier soupir, que
la vie valait d'être vécue. Mais il y a aussi l'exact
contraire, quand la disgrâce nous a frappé si vite, si
fort, que nous vivrons à jamais avec la hantise
qu'elle ne se reproduise en dépit de toutes les pro-
tections que nous avons su créer. Cherchez bien...

Nul besoin de chercher, ces deux moments-là re-
surgirent, intacts, dans la mémoire du banquier.
Championnat intercommunal d'athlétisme, section
minimes. Pas moyen de se qualifier pour la finale
du 100 m, tant d'autres le grillent dès les starting-

blocks. Mais, il en est le premier surpris, il saute les haies comme pas un! D'instinct, il sait jeter sa jambe d'appel et rabattre l'autre simultanément, sans la plus petite hésitation, un don. Il emporte la finale du 110 m, en 17,06 secondes, un record qui ne sera battu que cinq ans plus tard. Ce jour-là il monte sur la plus haute marche du podium, devant sa famille, ses camarades, et même celle qu'il reluque depuis des mois sans savoir comment attirer son attention. Hormis la naissance de ses enfants, seul cet instant de bonheur lui tirait encore des larmes. Quant au pire souvenir, il s'agissait d'un dimanche où il avait étrenné un blouson en peau de chevreuil, acquis de haute lutte contre sa mère, qui l'avait jugé trop salissant, et surtout trop cher. Le jeune homme avait paradé dans le quartier en prenant des poses de haut gradé, puis il s'était laissé entraîner dans des batailles de terrains vagues, avec embuscades dans la boue et bagarres dans les ronces. À la tombée du jour, de retour de guerre, le blouson fichu, il avait dû affronter le regard déçu et méprisant de son père. À sa condamnation muette, sans appel, il aurait préféré les coups et les sanctions. Quarante ans plus tard, ce seul regard avait effacé des milliers de sourires et d'embrassades paternelles.

L'artiste attendit une confidence qui ne vint pas. Mais après tout il se fichait bien des souvenirs du banquier.

— Dans mon cas, poursuivit-il, les deux sont

arrivés, coup sur coup, le même matin d'automne, en classe de CM2. Avant toute chose, je précise que je n'étais pas un élève spécialement doué, quelle que soit la matière. Aussi bien en mathématiques qu'en français, je fournissais de précieux efforts pour ne pas perdre pied, soucieux d'atteindre le niveau juste suffisant pour ne jamais redoubler, et personne ne m'en demandait plus. Or, ce matin-là, je m'étais illustré en leçon de français, et bien malgré moi ! Comme aurait dit un joueur de poker : j'avais la main. Sans même avoir envie de jouer, les bonnes cartes vous arrivent miraculeusement, et on les abat, au petit bonheur, sans se douter qu'elles vont vous rapporter gros. Pour illustrer un cours sur les synonymes, l'institutrice nous propose un exercice qui consiste à reformuler de très courtes phrases de façon chaque fois différente et, malgré un vocabulaire limité, je me révèle imbattable à ce jeu, allant jusqu'à proposer quatre à cinq tournures quand chacun peine à en trouver une seule. L'institutrice s'étonne de me voir si rapide, si inventif, et me lance des défis que chaque fois je relève. Puis elle change d'exercice et nous lit un court texte en s'arrêtant parfois sur des mots qu'elle nous demande d'orthographier correctement. Je suis le seul à ne faire aucune faute sur *requiem* et *symphonie*, que je connais d'on ne sait où puisque personne à la maison n'écoute de musique classique ! Ma prestation aurait pu s'arrêter là, mais ça ne me suffit pas. Juste avant la sonnerie de la récréation, elle nous demande de réviser pour la prochaine fois un poème intitulé *Le moulin de papier* de Jacques Prévert, et contre toute attente je corrige son erreur : c'est un poème de Maurice Carême. Stupéfaite, elle éclate de rire, et m'octroie un 10, qui couronne un parcours sans faute. Dieu m'est témoin : j'ai depuis gagné toutes les récompenses possibles pour un auteur-compositeur, mes textes ont été acclamés sur scène par des publics de 100 000 personnes, mais aucun succès n'a jamais été aussi intense que ce matin où je me suis illustré devant toute la classe, rien qu'une heure durant, mais une heure de grâce absolue.

Le banquier trouvait bien pâle ce *moment de grâce* comparé au sien.

— Ce jour-là j'ai appris une règle qui n'a cessé de se vérifier le reste de ma vie : quand trois personnes vous admirent au grand jour, deux autres vous haïssent dans l'ombre. L'admiration attire la haine comme la passion la violence, et dans *passion* j'entends la somme des souffrances qu'endure le martyr. À peine sorti de la salle de classe, pendant que me portent aux nues des élèves qui jusqu'alors m'avaient ignoré, d'autres attendent que je me perde dans l'agitation de la cour pour venir me féliciter à leur manière. Car j'avais commis aux yeux d'une poignée d'entre eux la pire des fautes : j'avais eu l'érudition arrogante. Et ceux-là n'avaient rien de commun avec la bande de durs qui terrorisaient le collège, les bagarreurs, les racketteurs. Car les petites brutes patentées se fichent des premiers de la classe ou de leurs bonnes notes, seule compte l'extorsion, et leur vénalité est telle qu'ils en deviennent prévisibles. Avec des petites frappes, j'aurais su atermoyer avant d'en arriver aux coups, j'aurais fait semblant de prendre leurs menaces au sérieux et ils m'auraient laissé un sursis, le temps pour moi de préparer une riposte. Ah comme j'ai regretté ces terreurs-là...

Le banquier n'écoutait plus. Depuis son entrée dans la carrière, combien de clients lui avaient raconté leur vie pour tenter de l'apitoyer, comme si une enfance malheureuse allait combler un découvert, comme si un deuil récent allait justifier une frénésie de dépenses. Même les riches se plaignaient, et plus fort, car dotés d'une imagination féroce pour arrondir leurs millions à l'euro supérieur. Habillés comme des princes, ils osaient demander l'aumône, exiger des gratuités de services, négocier les taux comme des biffins.

— Loin d'être des voyous, les trois qui m'ont coincé dans cette cour étaient de ceux qui cherchent à se faire oublier. Dans une salle de classe, ils se tassent sur leur chaise pour paraître invisibles, ils louchent vers la copie du voisin en prenant un air dégagé, et lèvent le doigt à s'en arracher le bras quand d'aventure ils ont la bonne réponse. Aucun des trois n'avait cherché à se distinguer en cours, aucun n'y serait parvenu, et c'est de là que vient tout mon malheur. Ils allaient me faire payer mon insolence, me la faire ravaler, j'étais allé trop loin, j'avais voulu briller, je n'en avais pas laissé une miette pour les autres, je les avais méprisés, j'avais pris toute la lumière sur moi, eux qu'elle fuyait à chaque instant, j'avais eu réponse à tout, j'avais comblé l'institutrice, j'avais allumé le regard des filles, et Dieu sait combien c'est difficile sur les bancs de la communale. J'avais été l'enfant prodige, l'enfant roi, l'homme du jour, j'avais été un héros, un gagnant, j'avais été la littérature en personne, la mémoire, l'intuition, j'avais ridiculisé la majorité silencieuse, j'avais renvoyé chacun à ses limites, j'avais démontré qu'un seul valait mieux que tous réunis, j'avais rendu les obscurs encore plus obscurs, et les transparents invisibles. Et j'avais aimé ça ! J'avais souri aux louanges, j'avais porté, radieux, cette couronne de lauriers, je m'étais haussé du col, j'avais été incandescent, inaccessible, j'avais obligé vingt-cinq élèves à assimiler les mots requiem et symphonie, j'avais joué au cultivé, au savant, au pur esprit, au raffiné, le seul au milieu de tant d'attardés, de mal dégrossis. J'avais été un 10, j'avais vexé les 5, humilié les 4, mortifié les 3, j'avais fait de tous mes semblables des 2, j'avais pointé les 0. J'avais crâné, frimé, j'avais craché mon orgueil au visage de tous, et ce crime-là n'allait pas rester impuni, il allait falloir expier, et sur-le-champ, à peine redescendu de mon piédestal, et devant tout le monde, l'indignité publique, coupable de n'avoir pas été solidaire de la médiocrité ambiante.

À travers la cloison, l'assistante signifia à son patron que sa fille était en ligne. L'heure de vérité ! Il hésita, tiraillé entre son inquiétude de père et sa promesse de ne pas interrompre la confession de ce dingue. Il craignit de briser un tout début de confiance et de vexer un homme qui semblait en avoir gros sur le cœur. D'un geste discret des yeux, il refusa l'appel, et imagina sa gosse, pendue à son portable, contrainte de retenir son exaltation. Ou pire, de taire son abattement.

— Le meneur avait une petite tête d'angelot, il en avait aussi la frêle silhouette, et un sourire discret qui ne vous laisse aucune chance d'anticiper le déchaînement qui va suivre. La manœuvre : me faire tomber dans un premier temps, sans sommation, sans même prononcer un mot, et puis : s'en donner à cœur joie. Pendant qu'un de ses acolytes se roule en boule derrière moi, le blondinet se contente de me pousser d'une ruade et je me retrouve étalé de tout mon long contre le bitume. Personne ne peut se douter de la rage de trois enfants de dix ans assoiffés de destruction. Des gosses qui le matin même se sont barbouillés de confiture, et qui, avant de partir à l'école, ont embrassé leur mère comme s'ils ne devaient plus la revoir. Aucune créature au monde ne peut passer en si peu de temps de la tendresse à la plus extrême cruauté. Leur terrible synergie les a transfigurés, désincarnés, car mes bourreaux se sont mués en une hydre à trois têtes, sans bras, mais dotée de six pieds, dont les pointes et les talons me fracassent les os, m'écrasent le visage, m'arrachant des cris que seul peut produire un supplicié de la roue, un écorché vif, un grand brûlé. Mais mon calvaire ne s'est pas arrêté là, car la petite bande s'est vue ralliée par une poignée de poltrons, qu'une ambiance de lynchage avait rendus brusquement courageux, voyant là une occasion sans risque de placer quelques coups rageurs, et les premiers seraient les mieux servis, la tête, le dos, les côtes, car les suiveurs se contenteraient de bas morceaux, genou, bras, cuisse. Mais avec un peu de chance, ils laisseraient des traces.

Plus il écoutait geindre son nouveau client, plus le banquier s'interrogeait sur sa santé mentale, hésitant entre bouffée délirante et pathologie clinique. Certes, il n'en était pas au premier cinglé qui franchissait le seuil de son bureau, mais celui-là le privait d'un précieux moment avec sa fille et allait foutre en l'air toute la matinée. Il entrevit, entre un souffle et un soupir, le moment de reprendre la parole, mais n'en eut pas le temps.

— Sur le point de perdre connaissance, j'ai senti la mêlée se disperser d'un coup de sonnerie. Pendant que les élèves rejoignaient leurs rangs, j'ai eu le temps de ramper, moribond, jusqu'au petit muret qui séparait le préau du réfectoire, et je m'y suis hissé pour m'effondrer derrière, à l'abri du regard des maîtres. Et j'ai attendu que s'estompe le brou-

haha des élèves, épuisés par leurs jeux. Vous allez
me demander pourquoi je ne suis pas allé pleurer
dans le bureau du principal?

Se gardant bien de renchérir, le directeur se fen-
dit d'un sourire à peine condescendant.

— Eh bien je n'ai pas vraiment de réponse.
Allez savoir pourquoi les gosses, comme les tau-
lards, préfèrent encaisser plutôt que de vendre la
mèche. Je ne sais pas s'il s'agit là d'une omerta
que l'on respecte par orgueil ou par peur de représailles. Dans mon cas, il ne s'agissait ni de l'un ni
de l'autre, car ma fierté avait été piétinée et réduite
en bouillie, et tout ce que j'avais à subir en ce bas
monde avait été subi. Sans doute ai-je été mû par
une force qui n'appartenait plus au monde réel, car
j'avais basculé dans un autre, où les lois, les droits
et les devoirs des hommes n'avaient plus cours.
Écroulé sur un parterre de gravier, agonisant, suin-
tant de mille plaies ouvertes, le visage en charpie
où se brouillaient larmes, sang et morve, j'ai tenté
trois, quatre, cinq positions pour me relever, sans
pouvoir en soutenir aucune, et me suis contenté de
quelques reptations, comme un soldat blessé au
champ d'honneur, car pour un enfant de dix ans
une telle charge de violence était comparable à
un bombardement au fond d'une tranchée, ou à
l'assaut d'un bataillon dont il serait le dernier res-
capé. Enfin debout, une main dans le dos, une autre
sur le nez, j'ai claudiqué en rasant les murs comme
un monstre de la nuit qui fuit la lumière du jour.

Sur le chemin de croix qui me ramenait à la maison, j'ai vu dans le regard épouvanté des passants que j'étais bien ce monstre. Avant de disparaître au fond de mon lit, et pour l'éternité, j'allais devoir trouver la force du simulacre, concentrer toute la faute sur moi, viser non l'apitoiement mais la réprobation de ma mère, passer pour le coupable et non la victime, afin que l'on me fiche la paix et que j'affronte, seul, la maladie, sans doute incurable, que je venais de contracter. Arrivé devant chez moi, je me suis faufilé jusqu'au garage pour en sortir mon vélo et, après avoir voilé la roue avant, tordu les rayons, martelé le cadre jusqu'à le plier presque, je me suis présenté à la porte d'entrée, l'engin cassé à mes pieds, le visage en sang. Je n'ai pas eu besoin de scénario sophistiqué, mon pauvre corps cabossé parlait pour moi. Une fois encore j'avais séché les cours pour traîner à vélo, et j'avais dévalé la *redoutable côte des Malassis* à en perdre les pédales, j'avais heurté une voiture stationnée, tourneboulé jusqu'en bas, face contre goudron, des arêtes de trottoir plein les reins. Le médecin a soigné mes contusions diverses sans remettre en question mon histoire, pas besoin d'hospitalisation, quelques jours de chambre allaient suffire. Pour lui, il s'agissait de convalescence, pour mes parents d'une assignation. J'avais réussi mon coup, j'étais un sale gosse qui venait de prendre une leçon bien méritée.

Le directeur n'imaginait plus, à ce stade du récit,

interrompre son client et le raccompagner dans le
hall en lui assurant que son argent était entre de
bonnes mains. Ce salaud-là avait réussi à le prendre
en otage dans son propre bureau comme l'aurait
fait un homme armé et cagoulé. Honteux, il devait
reconnaître que parfois il concédait aux riches une
patience à laquelle les pauvres ne pouvaient prétendre.

— Une fois seul, j'ai pleuré sans plus rien retenir de mes sanglots, j'ai pleuré comme pleurent les
nouveau-nés, précipités dans un monde chaotique
dans lequel ils n'ont pas demandé à venir. J'ai pleuré toute la nuit durant, à bout de forces. À l'aube,
j'ai pleuré de deuil, car une fois taries, ces larmes
d'enfant seraient les toutes dernières : le gosse
frondeur que j'avais été était mort pour de bon. De
fait, je n'ai plus jamais pleuré depuis.

Le banquier songeait aux larmes que sa fille ver-
sait en ce moment même et se sentait coupable.

— C'est à mon réveil que *l'autre* douleur s'est
installée. Un adulte qui sombre en dépression a au
moins une fois entendu le mot, il en a vu sombrer
d'autres avant lui, et il saura comment décrire son
mal. Un enfant de dix ans, lui, cherche en vain un
organe malade, bien caché à l'intérieur. Il se trouve
happé dans une béance, il devient le réceptacle de
toute l'angoisse de l'univers. Comme un esprit
malfaisant s'empare d'une enveloppe charnelle,
l'on se sent habité par une douleur sournoise, incer-
nable, impossible à chasser malgré les efforts de

tous les exorcistes. Aujourd'hui, pendant que je vous parle, le mal est toujours tapi au fond de moi, et il ne me quittera qu'au jour du Jugement dernier, et ce jour-là je dirai au Très-Haut, s'il y en a un, que mon purgatoire, je l'ai subi sur Terre, que j'ai payé avant même d'avoir péché, et ce jour-là j'aimerais que le Très-Haut en personne me foute la paix.

Le patron de l'agence se souvint tout à coup que l'homme qui le tenait prisonnier de ses confidences s'était présenté comme un *parolier*, et le terme prenait maintenant des définitions insoupçonnées. Parolier : *terroriste doué de la parole*. Ou *nostalgique logorrheux*. Ou *névrosé bavard*. D'ici à ce que l'homme-qui-a-tant-souffert-étant-petit ne devienne grand et riche, on avait le temps d'en trouver bien d'autres.

— La peur venait donc de s'installer en moi, et nous avions le reste de ma vie pour faire connaissance, nous livrer des combats, nous réconcilier aussi, mais j'y reviendrai plus tard. Pour le moment, je suis dans mon lit, cherchant une issue à cette terreur. D'un simple passage à tabac je me serais sans doute relevé, mais dans le cas présent j'avais été lynché comme un ennemi public, j'avais déclenché une hystérie collective, vengeresse, on avait vu en moi un objet de haine, et voilà bien ce qui différencie l'enfant de l'adulte : on ne hait pas un enfant jusqu'à vouloir l'écraser sous sa semelle, car s'il en réchappe, plus question de lui faire croire

aux contes de fées, aux super héros, au merveilleux, aux tours de magie, au rire, aux grandes espé-
rances, aux lapins blancs, au justicier masqué, à
l'avenir, au réconfort d'une mère, au bras protec-
teur d'un père, à l'amitié, à la fraternité entre les
peuples, à l'égalité dès la naissance, à la liberté
d'être ce que l'on est. Il ne croira plus à rien et ne
se sentira plus en sécurité nulle part. Les jours qui
ont suivi, chaque fois qu'un de mes parents entrait
dans ma chambre, je faisais semblant d'être absor-
bé par la lecture d'un roman pour justifier mon mutisme, ma pétrification, gardant le livre ouvert devant mes yeux, incapable d'identifier le moindre
caractère, de m'accrocher à la moindre phrase. Le
môme regorgeant d'énergie, l'inventeur du mouve-
ment perpétuel, venait de découvrir l'immobilité.
Celle des vieillards, des moines et des gisants.
Allez savoir ce qu'ont subi les gens lents pour être
aussi lents, et s'il s'agit du rythme naturel de la sagesse, allez savoir quel chemin tortueux les y a
conduits. L'enfant silencieux est celui qui a perdu
confiance. L'enfant qui ne joue plus préfère à
l'exaltation l'ennui. L'enfant contemplatif est celui
qui ne désire plus être le centre du monde.

Le banquier craignait maintenant que sa fille,
elle aussi, ne perde confiance.

— Un matin tant redouté, il a bien fallu que je
quitte mon aphasie pour retourner dans le monde
des vivants, mais ce monde-là, en l'espace de huit
jours, ne ressemblait plus en rien à celui que j'avais

connu ; une apocalypse était passée par là et avait transformé ma petite rue pavillonnaire en une jungle de ruines. Le cartable à la main, j'ai avancé dans les décombres, me frayant un chemin dans un cimetière de pierres envahi par les corps des malheureux qui n'avaient pas eu le temps de fuir.

Le client s'interrompit, attendit une réaction, chercha le regard du banquier perdu dans ses pensées, lequel n'avait rien entendu sinon le mot *décombres*, sans aucune idée du contexte.

— ... Ça a dû être terrible, hasarda-t-il, à peine sorti de son hébétude.

— Je voulais m'assurer que vous m'écoutiez !

Pris en faute, le banquier le pria de poursuivre.

— En fait, j'ai un souvenir précis de ma première sortie. Aussi étrange que cela puisse paraître, je me retrouvais dans la peau d'un prisonnier en cavale. J'ai rasé les murs de mon quartier pour ne pas être reconnu, j'ai emprunté les rues les moins fréquentées et, afin d'être le dernier à passer les grilles, j'ai attendu derrière un réverbère que disparaissent les groupes d'élèves qui patientaient devant l'école. En classe, je me suis comporté comme un coupable, et si je m'en souviens aussi précisément, c'est parce que, depuis, je vis toujours dans la hantise d'être pointé du doigt. Caché au fond de la salle, je me suis préparé à la plus terrible épreuve : affronter le regard de mes tourmenteurs. Toute victime redoute et recherche à la fois la confrontation avec son bourreau, et les raisons de s'infliger cette nouvelle torture sont complexes. Avant tout, il y a le besoin de chercher dans ses yeux ce qui nous reste de dignité ; on aimerait y lire la contrition, le regret d'être allé trop loin, on voudrait lui montrer qu'il ne fait plus peur, et qu'il n'est pas question de faire de nous un souffre-douleur. Mais il y a plus encore dans l'intensité de ce regard : on veut lui prouver que notre sens de l'honneur a été plus fort que le besoin de vengeance, et qu'on a tu notre douleur au monde.

Ah si seulement il taisait sa douleur dans mon monde à moi, se surprit à penser le banquier.

— Cet échange-là a eu lieu quelques heures plus tard, sur le chemin du réfectoire, en croisant le petit blondinet qui avait porté le premier coup. Sans paraître surpris, il m'a regardé de ses yeux éteints et a passé son chemin en apercevant, au loin, ses deux acolytes qui risquaient de vider le saladier de frites avant qu'il ne rejoigne la table. Je m'étais attendu au pire, mais ce dénouement-là allait bien au-delà : ils avaient *oublié*. Pendant que sur mon lit de souffrance je songeais à en finir, ces trois petites pourritures avaient vécu, et ri, et tenté de faire tenir en vol des avions en papier, ils s'étaient blottis contre leur mère, ils avaient joué avec leur père, ils avaient chapardé du chocolat, s'étaient empiffrés de frites, et surtout ils avaient, sans le moindre effort, sans le moindre remords, effacé de leur mémoire leur joyeux acharnement à vouloir me détruire. Chez moi : un cataclysme. Chez eux : une minute de récréation dont ils ne garderaient pas le moindre souvenir.

Le banquier crut un instant qu'il s'agissait là d'un épilogue idéal. C'était une simple pause.

— Au soir de ce premier jour de rentrée, j'ai eu la tentation de croire que la vie avait repris son cours, et qu'après une bonne nuit de sommeil mon mal s'effacerait enfin. Mais au matin il me rongeait encore, et le jour suivant, et le jour suivant. Dorénavant, il me faudrait à la fois le subir et le dissimuler aux yeux de tous. Hors de question d'imposer à mes parents un fils malade, dégoûté de la vie, rangé dans la catégorie des neurasthéniques. J'allais vivre dans le secret, accablé par un fardeau impossible à partager. À l'âge dit ingrat, j'étais devenu, aux yeux de mes proches et de mes pairs, un gosse mélancolique, *renfermé* était le vocable le plus courant, et l'entendre prononcer par tous me prouvait que j'avais gagné la partie : j'avais su contenir le mal. Pour me préserver des menaces de l'extérieur, j'ai limité les sorties, ne me sentant à l'abri que dans ma chambre. À travers la fenêtre, j'entendais les enfants jouer dans la rue, parfois ils m'invitaient à les y rejoindre mais d'un signe de la main je leur faisais comprendre que j'avais trop à faire. Et bien vite les appels se sont tus... J'ai attendu les grandes vacances, comme si le vent du large allait emporter avec lui mes souffrances. Puis j'ai guetté l'adolescence et ses promesses de métamorphoses. Mais dans ce tout nouveau corps de petit homme, rien de

ma mécanique obsessionnelle ne se calmait. À l'anniversaire de mes seize ans, mes parents, à l'inverse
de tous les autres, ont voulu m'offrir un scooter
pour m'inciter à sortir, étendre le champ de mes
activités, rejoindre une bande d'amis. Mais à ce cadeau inespéré, j'ai préféré une guitare électrique,
que j'imaginais comme le seul véhicule de mes
voyages immobiles, celui qui me porterait vers de
plus lointaines destinations.

Sur ce point, le banquier ne pouvait lui donner
tort. Quel combat il avait fallu livrer avec sa chère
enfant pour lui interdire le scooter dont elle rêvait.
Pas question ! Trop dangereux ! Encore un sujet de
conflit qu'ils avaient surmonté, péniblement, au
bout d'un an ou deux. Pour effacer ce mauvais souvenir, le père avait décidé d'offrir à sa fille une
Mini Cooper. En cas de réussite au bac, ce serait la
récompense. En cas d'échec, la consolation. La
voiture devait être livrée dans la semaine, avec une
couleur lavande commandée tout exprès pour la
petite.

— Tous les adolescents ont besoin de musique
pour se construire, ils y voient des enjeux suprêmes,
ils en parlent avec ardeur et gravité, comme plus
tard ils parleront de politique. Pour moi, il s'agissait d'une thérapie, car je m'étais aperçu que durant
ces jours entiers passés à grattouiller ma guitare, le
mal me laissait en paix. J'avais mis en pratique un
principe bien trop extravagant pour un garçon de
mon âge : travailler jusqu'à l'épuisement pour se

fuir soi-même. Il fallait me voir, courbé sur l'instrument, ma méthode de solfège sous les yeux, répétant le même accord des jours durant, jusqu'à ce que ma mère me supplie d'en trouver un autre. Durant ces longs mois d'apprentissage, j'ai compris que je serais toute ma vie un laborieux, un besogneux, et que la cigale en moi devrait tout à la fourmi qui l'invective. À peine rentré des cours, je me précipitais sur ma *gratte* et m'y écorchais les doigts, jusqu'à me laisser envahir par un délicieux relâchement attendu le jour durant. J'avais trouvé l'antidote qui allait me permettre de repousser mon espérance de vie. Une nouvelle année s'est écoulée. Et en classe de première, j'ai rencontré les Stricto Sangsues.

— ... Les quoi ?

— Ce nom n'évoque rien à personne, et pour cause ! C'était le groupe de rock de mon lycée, disparu aussi vite qu'il s'était formé, et aujourd'hui, même ses membres fondateurs en ont oublié l'existence. Le bruit courait qu'ils cherchaient un guitariste. Après une audition calamiteuse, où j'ai joué le seul riff des Rolling Stones à ma portée, j'ai réussi à me faire adopter. Plus que ma virtuosité, toute relative, le personnage que je m'étais composé les a intrigués : le type sauvage et muet, si méfiant dès qu'il s'agit de tourner le coin de la rue, qui travaille son instrument sans cesse, et qui garde son manteau même en intérieur. Il est vrai que dans un hameau perdu j'aurais attiré les rumeurs, mais chez

les Stricto Sangsues, toute bizarrerie était un gage
de personnalité, une parfaite *rock'n'roll attitude*.
Au fil des répétitions, et lassé d'entendre les inepties écrites par le chanteur — le genre qui fait rimer
destin avec *ça craint* —, je me suis lancé, sans savoir comment m'y prendre, dans l'écriture de deux
ou trois titres. Je me revois demandant à mi-voix au
vendeur de la papeterie un cahier de portées comme
si j'achetais un magazine porno. Je me revois prier
la prof de musique de m'initier aux délicats mystères de la double-croche. Je me revois truffer mes
partitions d'annotations, comme *jouer râpeux* ou
distorsion lunaire, là où Haendel se serait contenté
d'un *allegretto*. Moi qui n'avais rien vécu, rien à
raconter, j'avais eu la prétention de traduire en
mots mon univers aux murs pelés, de suggérer par
des notes ma lancinante détresse. Barricadé dans ce
travail-là, je m'étais senti à l'abri, maître à bord.
J'étais enfin chez moi, en sécurité. On dit que mélancolie et solitude sont les inspiratrices du poète ?
J'avais trouvé mes compagnes d'une vie. Bien des
années plus tard, un psychiatre plus malin qu'un
autre a avancé sur ce point une hypothèse troublante ; je m'étais fait rosser pour m'être distingué
dans un cours de lettres, et dès lors s'était opérée
une association inconsciente : puisqu'on m'avait
reproché, avec une telle violence, d'avoir su *trouver les mots*, j'allais, afin que ce traumatisme ne fût
pas vécu en vain, en faire ma vie. En d'autres

termes, mes tourmenteurs m'avaient montré la voie.

Au mot psychiatre, son vis-à-vis faillit hurler une imprécation : *Par pitié, je ne suis que banquier ! Je n'ai aucune formation pour écouter les dingues ! Vous souffrez sans doute d'un terrible manque de communication avec vos proches, si toutefois vous en avez ! Est-ce une raison pour venir chialer dans mon bureau ? Les banquiers sont pragmatiques, terre à terre, ils souffrent d'un grand manque de lyrisme, ils ne sont pas préparés à écouter la plainte du poète meurtri !*

— Les Stricto Sangsues n'ont duré qu'un été, le temps de quelques concerts de quartier, d'envoyer une maquette à des maisons de disques. Aucune ne nous a encouragés à poursuivre, mais l'une d'elles a cherché à savoir qui détenait les droits des deux morceaux que nous avions enregistrés au fond d'un garage. Le reste s'est enchaîné très vite...

Oui, enchaînez ! Vite !

— Les Stricto Sangsues ne m'ont pas laissé le choix : si je cédais les titres, j'étais viré du groupe. À tout juste dix-huit ans, j'ai passé un accord avec une multinationale du disque, qui depuis m'a fait quantité de procès que j'ai tous gagnés. J'ai écrit un, puis deux titres, puis tout un album pour un chanteur analphabète qu'ils venaient de signer. J'ai gagné en six mois plus que mon père en dix ans de salariat. Inutile de préciser qu'il m'a laissé décider seul de la suite de mon avenir... Je me suis installé dans un petit studio à Paris, pas plus grand que ce bureau, pour y mener une existence de reclus sans avoir de comptes à rendre. Ah mon doux ermitage... il s'est imposé à moi comme le seul choix possible : travailler hors du monde en marche, à contresens. Les premiers temps je me suis forcé à sortir une fois par jour, pour faire une course, boire un café, histoire de correspondre à une illusion de normalité, pour très vite m'apercevoir que ce moment-là était le plus pénible de la journée, m'obligeant à braver mille dangers, me forçant à quitter ma concentration. Très étrangement, ce lieu me paraissait immense car j'y avais multiplié les postes de travail ; le coin bureau était réservé à l'écriture des paroles, avec mes dictionnaires ouverts, mes bouts de papier griffonnés, mes crayons taillés jusqu'à ce qu'ils disparaissent. Dans mon lit, j'écrivais les mélodies ; j'avais disposé coussins et accoudoirs afin de caler mon lutrin et faciliter une position recroquevillée sur ma guitare. Et quand le temps le permettait, j'accédais par l'escalier de service à un toit-terrasse pour travailler à l'air libre. Combien de chansons, qui se sont retrouvées dans les juke-boxes de Hong Kong, dans les pubs irlandais, ont été créées sous le ciel de Paris... Sur dix titres composés, je n'en gardais qu'un, mais celui-là trouvait preneur — moins d'un mois plus tard, je l'entendais à la radio. Très vite, je me suis fait une place dans le milieu, qui lui aussi acceptait mes bizarreries. On parlait de moi comme de *l'agoraphobe, le reclus, le sauvage*. Certains pensaient que je n'étais qu'une rumeur. D'autres, pour en avoir le cœur net, me rendaient visite, et repartaient avec les partitions sous le bras. Si vous saviez le nombre de stars, de producteurs qui ont défilé dans mon gourbi du 81 rue de l'Arbre-Sec ! Tant que j'écrivais des tubes, que je remplissais les bacs, j'étais un artiste habité, un nouveau Cole Porter. Mais si par malheur le succès me quittait, je redevenais un pauvre malade mental qui croupit dans son trou.

Sur ce point je vous rassure : vous ÊTES un malade mental.

— J'ai travaillé dix-sept ans dans cette piaule. Dix-huit heures par jour sur l'établi, trois cent soixante-cinq jours par an. Trois sorties par semaine, le temps pour moi de fréquenter les marchands de thérapies, qui tous donnaient un nom différent à mon mal, qui tous savaient comment m'en défaire. Les plus sincères ne m'épargnaient pas : même si je parvenais à la maintenir à distance, mon angoisse ne me quitterait jamais. Tout jeune, j'ai admis cette fatalité et me suis débarrassé de l'idée *d'être heureux*. Certes, j'ai été tenté de gober quelques pilules, d'écluser quelques bouteilles. Mais les unes me laissaient dans une sorte de léthargie où mes notes ne s'accordaient plus, les autres me précipitaient dans une euphorie où mes vers perdaient pied. J'ai donc conclu un pacte avec mon mal : tant qu'il ne m'empêcherait pas de travailler, je le laisserais définir les limites de ma liberté.

L'homme assis en face de lui, résigné, sombrait maintenant dans une sorte de compassion pour son client. Sans doute s'agissait-il d'une variante aiguë du syndrome de Stockholm, quand l'otage, par un étrange effet d'empathie, est prêt à rallier la cause de son kidnappeur. Il avait maintenant envie de pleurer non plus sur son propre sort, mais sur celui de son client. Ce salaud-là allait finir par lui arracher des larmes. Il avait gagné.

— Sans que j'y prenne garde, je suis devenu riche. Riche au point de ne pas en prendre conscience. Je me doutais confusément que quelque part de l'argent s'accumulait, sans trop savoir où. Je continuais de tailler mes crayons jusqu'à la gomme, d'user la même guitare, si peu tenté par les pièges du parvenu, si peu enclin à vénérer les veaux d'or. Néanmoins, l'idée d'augmenter cette fortune me rassurait, persuadé qu'un jour je serais assez riche pour me construire une tour d'ivoire où je ferais venir le monde à moi sans avoir besoin d'aller à lui. J'ai fini par quitter la rue de l'Arbre-Sec pour louer à l'année une suite dans un luxueux hôtel près de la place de l'Étoile. J'y vis depuis douze ans, j'y ai fait installer un mini-studio d'enregistrement, et je n'en sors que pour sauter dans des avions qui me déposent dans d'autres palaces. J'y croise parfois des femmes, attirées par ma réputation d'anachorète. Elles se demandent quel sulfureux mystère m'entoure. Je leur entrouvre ma porte et joue le personnage qu'elles imaginent. L'ambiance se gâte au troisième matin, quand mon mal vient à nouveau me serrer le cœur et me pousse à m'isoler dans un bureau, avec guitare et partitions. Mes demoiselles de compagnie réalisent alors quel triste sire je suis : morose, silencieux, lent, appliqué comme un bon élève, sourd à toute distraction, et au final, prodigieux d'ennui. Quand j'en ressors, elles sont parties. De fait, je n'ai pas rencontré la femme de ma vie, mais quand parfois, dans un clip, ou un concert, je vois une chanteuse émerveiller les foules, je me dis que j'ai le privilège de connaître certaines modulations de sa voix que le public n'entendra jamais...

En voyant l'artiste ranger son chéquier, puis regarder l'heure, le banquier sentit que son calvaire s'achevait enfin.

— Et pour cette vie que tant d'autres m'envient faute d'imaginer mon malheur, pour cette vie, tantôt misérable, tantôt exaltante, monsieur : je vous remercie.

— ...?

— Car cette vie-là, je vous la dois.

— ...?

— Souvenez-vous. Classe de CM2, école primaire Makarenko, L'Haÿ-les-Roses, dans le Val-de-Marne. L'institutrice s'appelait Mlle Garbarini. Vous m'avez sans doute oublié, mais pas notre chère Mlle Garbarini ?

— ...

— Ce petit blond à face d'angelot, celui qui a sonné l'hallali, celui qui a ordonné de me saigner comme un animal, c'était vous.

— ...

— Aucun souvenir, vraiment ?

— ...

— Peu importe. Je vous confie ces deux millions d'euros. Démontrez-moi que vous possédez, après une vie entière passée derrière ce bureau, un savoir-faire. Prouvez-moi qu'un banquier aussi peut avoir du talent. Laissez s'exprimer l'artiste en vous.

Ils se quittèrent sur une poignée de main que le client voulut énergique, volontaire, accentuée par un regard rayonnant, vif, et déjà apaisé.

Son chauffeur fut soulagé de le voir enfin réapparaître. Son patron s'engouffra dans la voiture et dit :

— Aujourd'hui, exceptionnellement, je crois que nous allons déjeuner dehors.

Le parfum des femmes

Ayant perdu le goût des continents lointains et des êtres qui les peuplent, je vis reclus dans un gigantesque appartement parisien, acquis du temps de ma splendeur. J'en ai condamné plusieurs pièces, l'une contenant soixante ans d'archives, dossiers, journaux, affiches, contrats, carnets de croquis, grimoires, qui empestent la paperasse fermentée et le carton moisi. Je laisse cette odeur-là en cadeau posthume à des parents éloignés qui s'imagineront y trouver une formule cabalistique monnayable au prix fort ; épuisés par des mois d'infructueuses recherches, il leur suffira d'une seule allumette pour embraser le bûcher du sorcier que je fus. Une autre contient mon bric-à-brac de cornues, tubes à essai, alambics et fioles, et là, ce n'est plus l'odeur que je redoute, mais la nostalgie.

Ayant appris à éviter leurs va-et-vient dans l'escalier, je parviens à ignorer mes voisins avec minutie, et c'est à ce prix que je supporte de me savoir encerclé par leurs existences. Mais quand parfois me prend l'envie saugrenue de renouer avec un peu

de vie sociale, je m'installe au bistrot du coin, à
l'affût d'une surprise que me feraient mes semblables, ceux qui s'agitent encore, se hâtent, s'impatientent. Étonnez-moi, bon Dieu, vous les vivants ! Sinon je vais croire que rien ne s'est passé
depuis qu'on m'a mis sur la touche. Choquez-moi
par vos nouvelles mœurs, indignez-moi par vos
théories, chantez donc un air d'aujourd'hui, faites-
moi goûter un breuvage à la mode, crachez en l'air,
faites un scandale, propagez une rumeur, envoyez-
moi me faire foutre ! Pourquoi s'imagine-t-on,
chaque fois que l'on passe la porte d'un débit de
boissons, y croiser le pittoresque et l'inattendu ?
Sans doute est-ce la réminiscence d'une époque où
ces endroits-là nous servaient d'annexe, de terrain
de jeu, de refuge. Le lieu de tous les apprentissages,
où amis et inconnus se côtoyaient jusqu'à se
confondre, et où nous refaisions le monde, aban-
donnés à nos premières ivresses sans craindre le
lendemain. Une fois les émois de la jeunesse passés, en voyageant pour les industries du luxe, j'ai
fréquenté tous les zincs de la terre, car là, et là seulement, se révélait l'âme d'une civilisation. Aujourd'hui, devant un express dépourvu du moindre
arôme, mais dont la chaleur réveille mes mains engourdies par l'arthrose et l'hiver, je prête l'oreille
au brouhaha des bavardages sans y trouver de quoi
tromper mon ennui. Et quand l'ennui s'installe,
mon nez m'indique le chemin de la sortie, car il
sait, bien avant ma pensée consciente, que je n'ai

rien à faire là. Me parvient alors un assemblage d'odeurs contradictoires qui m'oblige à quitter les lieux : imprégnations de tabac, vapeur de vaisselle, pelage de berger allemand, javel, fromage grillé. Car si ma vue baisse, si mon ouïe me trahit, si la pulpe de mes doigts a tant perdu de son acuité, mon nez, lui, comme au premier jour, me guide et me tient en éveil comme un chien son flair, un chien n'ayant plus de dents à montrer, mais toujours capable de débusquer des traces invisibles.

Une fois dehors, je rejoins une rue adjacente où je sais qu'une antique brûlerie va me procurer les sensations qui m'ont manqué devant le breuvage insipide du bistrotier. Le torréfacteur, l'œil sur un hublot, extrait une sonde de son grilloir qui tourne à plein ; les fèves libèrent leur précieuse huile, j'en prends une longue bouffée, comme un asthmatique l'air des sommets, et tout à coup me traverse un souffle chaud venu des plateaux colombiens, un été de noisette et de caramel, une pampa de cacao et de moka, j'entends les flûtes de pan, les condors passent ! Jadis il m'arrivait de jouer avec le maître de maison à un jeu perdu d'avance ; je proposais *Pérou ?* et il me répondait *Non, Costa Rica.* Je tentais : *Java ?* et il secouait la tête : *Brésil.* Sans doute voulait-il me prouver que mon nez n'est pas omniscient, et que le café resterait son domaine incontesté. Pour ne plus lui donner cette joie, je m'éloigne d'un signe de la main.

Il va bien falloir rentrer à la maison. Les vieux

c'est comme les enfants, on s'inquiète de les voir traîner après la tombée de la nuit. On redoute de les voir s'effondrer, incapables de se souvenir de leur propre adresse. Si par malheur je sombre dans cette nuit-là, rongé par la maladie de l'oubli, je sais que là encore mon odorat m'indiquera le chemin de l'écurie.

La toute-puissance des arabicas m'a tourné la tête et fouetté les sens : ce soir, je suis bon pour l'insomnie. Si encore j'étais un petit vieux comme les autres, je me contenterais de fumer la pipe devant un feu de cheminée pour m'endormir dans le dernier craquement des braises. Le problème, c'est que je n'ai jamais voulu me gâter le nez avec la fumée du tabac, et ce n'est pas à quatre-vingt-un ans qu'on commence une carrière de fumeur. Ajouté au fait que l'écorce brûlée dégage une odeur qui devient vite entêtante, sans parler de la cendre qui imprègne les vêtements des pieds à la tête et vous poursuit jusque dans la rue. Un nez à la retraite, c'est capricieux, ça grinche, ça décrète le désagréable en tout, ça dramatise les petites joies innocentes. Chez moi, c'est de famille...

Mon père créait déjà des parfums avant ma naissance. Tout gosse, dans son atelier, je le regardais faire ses gammes sur son *orgue à parfums* et passer en revue une centaine d'arômes pour se rassurer sur la très haute précision de son odorat. « Sais-tu, bonhomme, que la senteur d'une rose varie tout au long de la journée ? » Il prétendait pouvoir donner l'heure rien qu'en se penchant sur une *Rosa centi-folia*, et je ne demandais qu'à le croire, émerveillé. Dans les derniers feux de la Belle Époque, il avait composé Jalza pour les femmes du nouveau siècle, celles qui ont fait basculer le monde à leur avantage, les premières femmes modernes, qui travaillaient, revendiquaient leurs droits et montraient leurs chevilles. Jalza, de la famille chypre, avec sa note boisée et son célèbre trait de patchouli, avait enthousiasmé la princesse Victoria de Bade, et valu à mon père son invitation à la cour de Suède. Cette année-là, on lui aurait décerné le Nobel des parfums si le prix avait existé. Loin de m'intimider, son sens de la tradition m'a rendu plus fort, son intransigeance m'a appris à refuser les compromis, son goût de l'excellence a fait de moi le meilleur. Que ne donnerais-je aujourd'hui pour lui faire sentir les deux ou trois créations qui me survivront peut-être, et soumettre Charm ou Manège à sa bienveillante sévérité. Comment imaginer meilleur juge ? S'il y a un au-delà, et si nous y attendent ceux qui nous ont tant manqué, j'aurai une réponse d'ici peu. Mais, sitôt son expertise terminée, je sais qu'il m'entraînera sur un point qui déjà le préoccupait de son vivant : la pérennité de notre lignée. Je ne couperai pas à la condamnation du patriarche qu'on a privé de descendance, et par avance j'implore son absolution. *Père ! Pardonnez-moi de n'avoir pas engendré !*

Par ma faute, tous nos secrets, tous nos trésors

vont être enterrés avec moi. Et Dieu sait si en chaque femme que j'ai aimée j'ai vu celle qui porterait mon héritier ! Ah celui-là, je lui aurais tressé un berceau de fleurs et de fruits pour révéler son odorat, j'aurais flatté son palais par des épices rares. Je lui aurais appris, à l'âge où l'on se dresse sur ses jambes, à différencier les yeux bandés le jasmin jaune du jasmin blanc. Je l'aurais mis en garde contre les pièges nauséabonds des emballeurs de marchandises. Et aujourd'hui, au lieu d'attendre la mort dans l'acrimonie, je la laisserais me cueillir, le cœur en paix.

Encore trois marches à grimper et je serai dans mon Xanadu, mon antre démesuré, un palais dont je ne connais pas tous les recoins, dont chaque porte ouvre sur une autre et une autre encore. Je me le suis offert grâce au succès de Griffe, un jus à base de cèdre et de santal, relevé d'une pointe de ciste. Son vaporisateur ultrachic a été dessiné par le génial designer américain Raymond Loewy. Griffe était devenu si célèbre que, six mois après sa sortie, on en trouvait des contrefaçons dans tous les Chinatowns du monde. Je venais d'avoir cinquante ans et la vie d'hôtel ne m'amusait plus. Le jour où j'ai emménagé ici, j'ai regretté de n'avoir pu trouver plus haut que le premier étage pour gagner en lumière et me préserver au mieux des effluves de la rue. J'aurais l'air fin, aujourd'hui, si j'avais quatre étages à monter ! Tant de fois j'ai failli le bazarder pour finir mes jours à l'ombre d'une belle demeure de campagne, entouré des senteurs du Sud. Mais un grabataire grincheux, sectaire, désabusé et insolent, en a-t-il encore la force ? La messe est dite : je mourrai dans mon labyrinthe de moulures, de dorures et de boiseries, comme un pharaon dans sa pyramide. Ce jour-là paraîtra un entrefilet dans les gazettes, et les rares individus qui se vanteront de m'avoir connu seront les mêmes qui me croyaient mort depuis des lustres.

*

À tout juste vingt heures, débarrassé du dîner, commence pour moi une longue soirée de veille où je vais devoir tromper l'ennui et les idées morbides. La musique m'indiffère, le cinéma m'ennuie, et la lecture... ah ! la lecture... J'avais tant misé sur la lecture étant jeune ! Pour preuve : il existe quelque part ici, entre une chambre d'amis et un boudoir, une bibliothèque remplie de tous les chefs-d'œuvre que je m'étais promis de lire à la retraite. Je me revois encore arpentant les allées d'une librairie pour y débusquer *L'homme sans qualités*, ou *Le quatuor d'Alexandrie*, regrettant déjà de ne pouvoir m'y plonger dans l'instant — trop de créations en cours, trop de commandes, trop de voyages, trop de simagrées avec les industriels, tous les prétextes étaient bons. Je me projetais l'image d'un fringant vieillard drapé dans sa robe de chambre, étendu sur son divan, en partance pour Alexandrie, à la recherche des qualités qu'il n'a jamais possédées. Aujourd'hui, je fais un détour par un cabinet de toilette pour éviter de passer dans cette pièce où la littérature elle-même me toise du haut des rayonnages et me fait comprendre que sa place est ailleurs. Ah si encore j'aimais ne rien faire ! Je suis hélas de cette génération pour qui l'oisiveté est mère de tous les vices, et l'idée de ne plus pouvoir sombrer dans aucun est terrible ! Qu'êtes-vous mes vices devenus ? Un par un vous m'avez fui, effrayés par la visite prochaine de la Grande Faucheuse.

À la réflexion, si, il me reste un vice, je l'oublie trop souvent. Bien innocent au demeurant, une autre histoire de nectar et de fioles. Naguère, j'ai transformé le fumoir en cabinet de dégustation de whiskies, une pièce que je ne chauffe jamais, les 42° du pur malt s'en chargent. Y sont entreposées une vingtaine de bouteilles qui m'ont été offertes par le syndicat des parfumeurs pour *contribution au rayonnement du parfum français à travers le monde*. Ces précieux flacons ont vieilli bien mieux que moi, ils ont gagné en douceur, en éloquence, en sagesse. Certains datent d'avant ma naissance, je les respecte comme mes aînés et, quitte à prendre la cuite fatale, je n'en laisserai pas une goutte aux charognards qui attendent ma mort. Mes entrailles étant désormais trop fragiles pour en encaisser plus d'un verre, ces petites merveilles ambrées restent un moyen efficace de tester mes différentes gammes de papilles. Une longue rasade et, au nez, je perçois le sel de la tourbe douce, sa note de cuir, son accent d'orge qui vire aux agrumes confits. Puis, en bouche, arrivent la muscade et la menthe, l'iode, et enfin, la terre des Highlands. Je sirote assis, sur la crête pierreuse d'une colline, le regard apaisé par un horizon vert vif où se découpe au loin un lac d'argent. Le voyage dure vingt minutes mais il en vaut la peine. Les vents des hautes terres me montent à la tête. J'ai l'impression que le single malt fait du bien à mes articulations, mais mon toubib me jure que ce n'est qu'une impression. Ce soir, pourtant, je suis de retour dans mes quartiers plus tôt qu'à l'habitude. Un brouhaha dans la cage d'escalier m'attire vers le judas de la porte d'entrée, et déjà l'exaspération a chassé la rêverie. J'entrevois des individus post-pubères, des deux sexes, les bras chargés de bouteilles et de victuailles, et leurs joyeuses invectives se mêlent à d'odieuses pulsations issues d'une boîte à rythmes. L'inconcevable m'apparaît alors : des jeunes vont faire la fête au-dessus de ma tête.

L'excuse pour l'insomnie est toute trouvée. Le tsunami déferle, la bourrasque s'abat, c'est la huitième plaie d'Égypte, le Jugement dernier, l'Apocalypse, la fin du monde, c'est Attila en marche, les conquistadores à l'assaut, c'est Shakespeare, le thermonucléaire, le pillage, le carnage, le chaos, le choc des mondes, c'est l'Enfer de Dante, c'est la ruine, la dévastation, l'agonie, c'est la fin.

Pourquoi moi ? À 21 h 40 ! L'arthrose et la mort

imminente ne sont-elles pas des punitions suffi-
santes? J'ai connu la guerre de 40, l'hiver 54 et le
vétiver de synthèse. Avais-je besoin de subir une
nouvelle épreuve? *Ô Toi qui m'as fait naître pour
redonner aux hommes la myrrhe et l'encens! Ai-je
failli?*

Le seul aspect amusant, c'est de les imaginer se
tasser à trente dans une chambre de bonne, pendant
que je règne sur un territoire immense et vide, dé-
serté par toute forme de vie, toute expression de
joie. Cette ironie est douce au vieillard aigri.

Je ne sais si c'est le mot fête ou le mot jeune que
je redoute le plus. Quand ai-je cessé d'être jeune?
On s'imagine toujours que la vieillesse est le fruit
d'un lent processus de renoncement, pourquoi ne
serait-elle pas, au contraire, celui d'un seul instant,
un seul instant qui nous a fait basculer dans un autre
âge. Était-ce le jour du bombardement de la rue des
Haudriettes, dans cette cave qui empestait le sal-
pêtre et la couenne séchée d'un animal vendu sous
le manteau? Était-ce ce jour où mes jambes n'ont
plus pu sauter la haie du jardin de la maison de
Grasse? Ou celui où j'ai fui devant un grand cos-
taud qui menaçait de me *péter le nez*, et ruiner ainsi
mon précieux outil de travail? Est-ce le soir où j'ai
cessé de me montrer nu à une femme? À moins que
ça ne soit ce matin de vague à l'âme, où j'ai lon-
guement reniflé mon avant-bras pour tenter de cap-
ter ma propre odeur, ce qui, dit-on, est impossible;
aujourd'hui encore cette odeur me hante, j'y ai dé-

celé une très fine trace de décomposition qui pouvait rappeler, réduite au millionième, un relent de saumure et de gibier qu'on faisande.

Voilà qu'on toque à ma porte. Rien ne me sera épargné.

— Bonjour monsieur, je m'appelle Louise, je suis votre nouvelle voisine, on vient de s'installer au sixième avec mon copain et on pend la crémaillère, alors on risque de faire un peu de bruit...

Tant de catastrophes en une seule phrase ; elle vient de *s'installer*, elle a un *copain*, elle va *faire du bruit*. Mon intuition était la bonne, c'est bien Dieu qui m'envoie une ultime épreuve avant de me rappeler à Lui. Son émissaire a le visage d'un ange de miséricorde. C'est la signature du Très-Haut. Je l'entends : *Toi qui as tant aimé les femmes, que penses-tu de cette Louise ? Qui, hormis Moi, aurait pu la concevoir ? Quelques peintres de la Renaissance s'y sont essayés, mais lequel aurait su trouver ce juste équilibre entre ces grands yeux noirs qui semblent dire : « Pardonnez-moi de venir occuper une toute petite place dans votre univers », et ce discret sourire qui ajoute : « mais je compte rapidement gagner du terrain ». C'est effectivement une épreuve que Je t'envoie, pour t'empêcher de trouver le sommeil, et te fournir matière à réflexion sur cet égoïsme dans lequel tu as sombré.*

Dire que j'aurais pu mourir sans croiser ce visage et mon idée de l'harmonie sur Terre en serait restée inachevée.

— Amusez-vous tant que vous voudrez, made-
moiselle. Le bruit ne me gêne pas.

— C'est gentil. Vous savez, vous pouvez...

Elle hésite à m'inviter, la charmante. Je risque
d'accepter, et elle aurait l'air de quoi, avec un
petit vieux au milieu des copains ? Voyons voir si
son souci des convenances prend le pas sur son
sens du ridicule...

— Vous pouvez passer nous voir, ça nous ferait
plaisir, on ferait connaissance devant un verre de
sangria.

— Merci, il est tard. Passez plutôt prendre le thé
un de ces jours. Et bienvenue à vous, voisine.

La seule présence d'une femme a remis tous
mes sens en éveil. Un regard peut être aussi violent qu'un parfum, il vous ramène tant d'années
en arrière, quand tout est possible, quand on est
encore acteur de ce monde, quand le rêve est à
portée de main. Un visage, et ma mémoire s'em-
brase à n'en plus trouver le repos. J'ai aimé les
femmes, j'en ai fait des créatures irrésistibles.
Chaque fois que l'une d'elles pose une goutte
de mon parfum derrière son oreille, c'est un peu
de moi qui l'accompagne dans le monde. Ça devrait me suffire. Louise s'amuse, là-haut. Elle rit,
elle danse, elle boit, elle joue de toute sa séduc-
tion. Et c'est moi qui, demain, aurai un réveil
pénible.

*

La dernière femme qui me met la main aux fesses, à raison d'une fois par semaine, s'appelle Brigitte. Ce n'est pas le parfum des cattleyas qui nous réunit, mais celui de l'éther. Mon corps ne lui inspire aucune émotion particulière mais je reconnais qu'elle sait piquer comme personne. Cette bizarre intimité qui nous lie se prolonge souvent de quelques échanges qui lui manqueront quand j'aurai disparu.

— Alors, Brigitte ? On s'est fait sa petite soupe de légumes maison, à midi ?

— ...?

— Votre pull.

Elle sent sa manche et comprend qu'elle s'est trahie.

— Je fais attention en ce moment. Cinq kilos à perdre avant l'été. C'est pas tant que j'aime la soupe, mais ça calme l'appétit.

— Votre appétit, vous l'avez calmé avec un gâteau au chocolat noir. Je le sens d'ici, tout chaud, sortant du four. La laine retient tout. C'était quoi, un moelleux ou un brownie ?

— Satan, sors de ce corps de vieil arthritique !

Pour ses étrennes, je vais lui offrir une blouse de cuisinier, toute blanche, avec son prénom brodé sur la pochette. Brigitte est un de ces petits soldats de la santé qui apportent bien plus de réconfort aux malades que leur propre famille. De surcroît, elle a toujours de belles jambes.

— Après toutes ces années, je peux bien vous l'avouer, monsieur Pierre. Quand vous m'avez dit que vous aviez été parfumeur, je n'y ai pas cru. Je pensais qu'ils avaient un nez énorme qu'ils emmitouflaient dans des linges. Le vôtre est discret, bien dessiné. Presque féminin.

— Brigitte, vous m'inquiétez. Toute ma vie j'ai entendu des femmes me dire que la taille de l'organe ne comptait pas. M'auraient-elles trompé... ?

— Je sais, c'est stupide.

— Vous imaginiez une protubérance à la Cyrano ? Hé non, ça n'est pas une péninsule, tout au plus une petite dune qui a résisté aux intempéries. Vous avez dit « féminin » et vous n'avez pas tort. Du point de vue de son exceptionnelle précision, j'ai hérité du nez de mon père, mais pour ce qui est de la ligne, c'est celui de ma mère. Si l'inverse s'était produit, la face du monde en aurait été changée.

D'habitude j'use de toute ma mauvaise foi pour la retenir, car je sais que lorsqu'elle aura quitté ma chambre je ne parlerai plus à âme qui vive jusqu'au jeudi suivant. Mais cet après-midi, cette demoiselle Louise va enfin venir prendre le thé. Elle veut que je lui indique les bonnes adresses du quartier, ses curiosités, tout ce qu'un riverain de toujours peut connaître. Comme on apprivoise un moineau, je la laisse venir à moi sans rien précipiter ; je me montre courtois mais lointain, comme celui qui cache de terribles secrets derrière ses portes battantes. À peine assise elle devine l'immensité des lieux et s'étonne sans me le dire que j'y vive seul. D'emblée, elle me donne le rôle du vénérable, qui a tant vécu, qui inspire le respect, et elle s'installe dans celui de la nubile qui a tout à apprendre. Cette petite est décidément bien élevée, mais je ne suis pas sûr de vouloir jouer le sage prêt à léguer son expérience. Quel acteur a envie de finir sa vie dans la peau du souffleur ? Et quelle ingénue a besoin de connaître les pièges dans lesquels elle va tomber ? Hormis l'enseignement de mon père, je n'ai tenu aucun compte des conseilleurs, des donneurs de leçons, des vieilles barbes qui vous apprennent la règle, jamais la transgression. Non, jolie Louise, le dernier apanage du vieillard n'est pas cette prétendue sagesse dont il ne saurait que faire, mais celui d'être, enfin, à l'écoute de ses sensations. Il a abandonné l'intense pour le subtil. Quand son corps en débâcle cesse un instant de le tourmenter, il prend le temps de donner son nom à une nuance de couleur, ou de percevoir le chant d'une grive, brouillé par le vacarme de la ville. Il se pâme à la vue d'un arbre, il s'émerveille du vent, il s'émeut d'un légume, et rien ne l'enchante plus que de retrouver les saveurs et les saisissements de l'enfance, tout ce qu'il a perdu en cours de route mais que ses sens n'ont jamais oublié.

— Rien qu'au parfum d'une madeleine qui

s'émiette dans le thé, on peut écrire des milliers de pages, et partir à la recherche du temps perdu...

Elle ne saisit pas la référence et s'en sort en me traitant de poète. À ma manière j'en ai été un ; j'ai composé mes alexandrins dans les essences rares, j'ai fait rimer les fragrances, j'ai épuisé toutes les figures de style. En mélangeant poivre et cannelle, j'ai obtenu un oxymore et, en ajoutant une touche de menthe à l'orchidée, une hyperbole. Et combien de métaphores, combien d'images suggérées par une délicate osmose des senteurs ? Je savais que la vanille mêlée à l'ambre allait apporter une touche de mélancolie, que le fruit rouge associé à un dérivé de géraniol réveillerait un souvenir d'enfance, et que rien n'évoquait mieux un ciel étoilé qu'un soupçon de violette dans une moisson de fougères royales.

Notre premier rendez-vous s'est prolongé jusqu'à la tombée du soir. Je n'ai pas commis l'erreur d'avancer dix occasions de nous revoir. Je garde le souvenir de ces femmes riches et vieillissantes, qui, à l'époque où les grandes enseignes de parfumeurs me convoitaient comme l'enfant prodigue, tentaient de me séduire. Encore gracieuses, racées, mais pathétiques à trop vouloir jouer les femmes fatales à l'âge où l'on gâte ses petits-enfants. Un peu trop maquillées, à l'élégance ostentatoire, perpétuellement disponibles, prêtes à tout pour se rendre indispensables, guettant l'étincelle de désir qu'elles auraient fait naître en moi. Aujourd'hui j'ai évité de sombrer dans les mêmes travers en persistant dans ma stratégie du seigneur reclus dans sa tour d'ivoire. De fait, c'est elle qui, la prochaine fois, apportera sa tarte aux abricots pour accompagner le Darjeeling. Après son départ, je me sens vidé par l'effort fourni à vouloir jouer l'aimable monsieur un tantinet distant, quand en fait je détaillais la moindre courbe de son corps. Ma main vibre encore d'avoir serré la sienne, et le salon ressemble plus que jamais à un mouroir.

J'ai tout à coup envie de me rassurer sur celui que j'ai été si longtemps, un magicien qui, chaque fois qu'il annonçait une nouvelle création, provoquait une cohue sur les Champs-Élysées. Je retourne les tiroirs et retrouve des flacons oubliés, presque éventés, mais il me suffit d'ouvrir celui de Charm et mes années 50 me reviennent en bloc. Une seule goutte sur mon poignet et des milliers de femmes m'entourent, me célèbrent. Fières et élégantes, toutes des stars. Je les imaginais nues sous leur tailleur de marque, et déjà tournées vers le Nouveau Monde, celui qui allait manger notre vieille Europe. Marilyn Monroe avait dit de Charm qu'il *sentait bon comme le péché*. La teinture de musc était sa note dominante, avec un accord de vétiver à peine relevé d'une nuance d'orange. Aujourd'hui, c'est un classique que des jeunes filles rêvent de s'offrir une fois devenues femmes. Tous les trois ou quatre ans, une nouvelle campagne d'affichage vient le remettre en scène. Mais le plus bel hommage est celui de mes *clientes*, celles qui honorent mon Charm de leur peau, mes fleurs vivantes, mes ambassadrices capiteuses, mes écrins satinés, mes paysages olfactifs, à la fois muses et créatures. Quand l'une d'elles me frôle dans la rue, j'ai l'impression de la posséder le temps d'un souffle.

*

Chaque matin, comme un vieux pipelet, je guette le passage de Louise sur mon palier. Là où un autre collerait l'oreille contre sa porte, il me suffit de humer son sillage dans l'escalier. Elle porte une espèce d'eau de toilette relevée d'une essence de bergamote qu'elle croit vive et pétillante, mais c'est comme si une orchidée se prenait pour un géranium. Louise a un grain de peau qui vient contredire toute dominante acidulée mais qui cherche la nuance herbacée et l'onctueux de l'huile. J'ai rencontré peu de femmes qui savaient faire mouche dès leur premier essai. Souvent elles imaginaient un coup de foudre quand ce n'était qu'une mauvaise rencontre. Dès lors, je me faisais fort de leur présenter le compagnon d'une vie, et celles-là feraient peut-être une infidélité à leur mari, jamais à leur parfum.

Ce matin, je vais, à nouveau, jouer les entremetteurs...

Ma première idée a été de remettre les pieds au

rayon cosmétiques d'un grand magasin, tout disposé à me laisser surprendre par quelque trouvaille. Ces vingt dernières années, je n'ai pas été attentif à l'évolution de mon domaine, je m'en suis même détourné, hautain, comme pour dire à mes successeurs : *Débrouillez-vous sans moi désormais*. Combien de symposiums, d'anniversaires, de remises de médailles ai-je refusés, de peur de me voir exposé tel un santon qu'on dépoussière une fois l'an. Aussi étais-je curieux de me promener dans les allées d'une prestigieuse boutique des Grands Boulevards qui réunit tout ce que le chic parisien compte de vaporisateurs et d'onguents. D'emblée, j'ai eu l'impression d'assister à un concert de musique contemporaine où se lâchaient cent instruments pris de folie : une cacophonie de senteurs. Aux accords majeurs se mêlaient de nombreux couacs, aux notes familières des classiques s'en ajoutaient de criardes, le capiteux affrontait le strident, et le grandiloquent la pure dissonance. Devant un flacon en forme de grenade quadrillée, une vendeuse m'a expliqué combien le parfum *unisexe* était *tendance*. Si dans *unisexe* il fallait entrevoir une notion d'androgynie, celle-ci avait, selon moi, atteint son apogée le jour où, dans le hall du Waldorf Astoria de New York, j'avais vu apparaître Marlene Dietrich en smoking, lumineuse, troublante d'ambiguïté. Dans le parfum que me soumettait la jeune hôtesse, rien de sulfureux, juste une volonté marketing de profiter des inquiétudes de l'adolescent qui retarde ce moment tant redouté où il doit affirmer sa féminité ou sa virilité. Pas question d'offrir à Louise ce jus sans âme, ni aucun de ces bricolages à trois sous qui tournent en milieu de journée et vous trahissent au pire moment. En rentrant chez moi les mains vides — et rassuré à l'idée que le monde du parfum en est resté là où je l'ai laissé —, j'ai à nouveau ouvert la porte de mon atelier, pour n'en sortir que trois jours plus tard.

Louise descend l'escalier dans sa petite robe blanche taillée en biseau. On dirait une Diane chasseresse.

— Bonjour monsieur Pierre. Je descends au kiosque à journaux, vous n'avez besoin de rien?

— J'ai quelque chose pour vous.

Je lui tends la fiole. Rien de bien compliqué, une note de cire d'abeille absolue avec une pointe d'acétate de benzyle pour rappeler l'ylang-ylang. Ça m'a remis sur l'établi. Comment oublier cinquante ans de métier? Elle ne comprend rien, la pauvre enfant! En quelques mots, j'essaie de résumer une vie d'alchimie et de ferveur. Elle ne comprend toujours rien, mais elle sent.

Ça y est, elle me regarde autrement.

Je suis vieux, les reins me tourmentent, ma vue se brouille mais, pendant ce trop bref instant, dans ses yeux, je suis exceptionnel, puissant, et beau.

*

Les jours suivants, elle ne porte que mon parfum, il reste en suspension dans l'escalier. Persistance des essences. Facture à l'ancienne. Qu'est-ce qu'en pense son petit ami? C'est peut-être un gars bien, après tout, mais comment pourrait-il savoir, lui, ce qui lui va? Comme tous les autres, s'il lui prend l'envie de faire un cadeau, il demande à une vendeuse quelque chose qui *sent bon*. Pour moi, c'était une passion, une mission. J'ai parfumé des reines et des ouvrières, toutes celles qui ont cherché leur propre essence à travers mes travaux. Combien de femmes ai-je célébrées? Combien d'hommes ont chaviré à leur approche? Certaines m'en ont remercié en se donnant à moi. Je vous ai aimées, et je vous aime encore, qui saura jamais à quel point?

*

L'humanité n'a-t-elle aucune pitié pour le vieil homme qui se languit? Ce matin, des visiteurs ont presque forcé ma porte. Un couple de journalistes écrit à quatre mains le grand livre des parfums, qui sortira pour les fêtes et qu'on posera sur une table basse sans jamais le consulter. Presque tous mes confrères historiques étant morts, ma participation à leur ouvrage représentait selon eux une sorte de caution. Le mari, la quarantaine blasée, le verbe haut de celui qui connaît son sujet, voulait des dates, des faits, des rappels, de la chronologie, si bien que ma mémoire, habituée à s'emballer comme un cheval fou, était contrainte de marcher au pas et de faire des ronds de jambe. Puis, au détour d'une digression qui me paraissait bien plus édifiante que des précisions sans intérêt, j'ai eu droit à un gentil rappel à l'ordre de ce monsieur qui mettait en doute la véracité de mon exposé. Son sourire condescendant semblait dire : *Ça n'est pas tout à fait comme ça que ça s'est déroulé, mais vu votre âge, la confusion est pardonnable.* L'abject! Le malodorant! En prétendant que l'écrivain Colette avait mis le jasmin à la mode, il oubliait les fortunes que Napoléon Ier avait dépensées pour en faire venir des jardins de Grasse afin de complaire à Joséphine de Beauharnais! Encore un qui n'a rien compris à l'idée même de passé, ni à la manière dont on tente, en toute bonne foi, de l'exhumer! Sa femme, aux questions bien affûtées, savait écouter les non-dits, repérer les points de suspension, et me laissait m'égarer sur les chemins de traverse. J'ai donc attendu que le mari s'éclipse aux toilettes pour avoir enfin une conversation sérieuse.

— Vous le trompez, n'est-ce pas?

— ... Pardon?

— Vous trompez votre mari. Ce n'est pas une question, c'est une affirmation.

Elle en bafouille d'indignation, en rougit de honte. Divine est la confusion de la femme adultère!

— Vous avez étreint votre amant il y a quelques heures à peine.

— ... Comment pouvez-vous vous permettre!

— Vous portez N° 5 de Chanel, mais on sent aussi sur vous les traces d'un after-shave d'excellente composition, et une légère imprégnation de havane bien frais. Votre mari ne fume pas et se tartine le visage d'une espèce de gel de prisunic. Je n'aime pas voir en l'homme trompé un *cocu* mais, pour le vôtre, je ferai une exception.

À son retour, la séance prend un tour bien plus savoureux. La belle infidèle passe de la stupéfaction à la crainte d'être découverte, comme si j'avais la tête d'un maître chanteur ! Puis elle reprend confiance, soupire de soulagement, se fend même d'un sourire quand je me lance dans une diatribe qui en substance dit : *Le parfum révèle ce que les yeux ne savent voir*. Après m'avoir salué sur le palier, l'homme s'engage dans l'escalier sans même attendre sa femme, ce qui m'encourage à la retenir un dernier instant :

— Ça ne me regarde pas, mais je crois qu'on ne peut pas se lier toute une vie à un type qui s'asperge d'un machin certifié « for men ».

*

Depuis qu'elle s'est renseignée sur moi, Louise vient me visiter comme un monument national. Elle me réclame mille anecdotes sur le monde merveilleux de l'élégance d'antan et, bien que je déteste cette partition, je la joue malgré moi. Hier, je lui ai raconté l'histoire extravagante du prince russe qui m'avait commandé un parfum à base de vodka pour ses nombreuses maîtresses. Un caprice de milliardaire dont je ne me suis pas vanté... Je n'ai jamais vraiment su si cet olibrius voulait que les femmes lui paraissent encore plus enivrantes, ou s'il cherchait uniquement à moins empester l'alcool en les approchant. Louise m'en réclame une autre, puis une autre, comme une enfant des tours de cartes. Son regard tendre et confiant, teinté d'admiration, fait naître en moi le père que je n'ai jamais été. Dans ces moments-là, j'ai envie de la rendre éternelle, de chasser les mauvais esprits autour d'elle, de baliser les chemins où elle s'aventure. Mais il me suffit de la voir lisser sa robe sur ses cuisses pour réveiller le soupirant que je fus ! Quand elle sourit, je me retiens de passer la main dans ses cheveux ! Je possède cent moyens de la faire rougir mais n'en use d'aucun. Je pourrais, par exemple, lui raconter comment ce matin même, dans le métro, j'ai vécu un instant de sensualité inespéré. Debout dans une rame bondée, accroché à la barre, le nez encombré par un mélange de caoutchouc, de moleskine et d'air pulsé, je suis saisi par une note de tête à base de pêche : Mitsouko, sans doute la plus belle création de Jacques Guerlain. Je n'ai pas le temps de repérer dans la foule la femme qui le porte, je suis déjà loin, loin de cette rame, de ces gens, de ce tunnel : je suis à Rome.

Accoudé au balcon de ma chambre d'hôtel, Campo dei Fiori, alors que l'ombre du soir vient rafraîchir cette lumineuse journée d'été. Alma di Stefano, la chanteuse lyrique, savoure un dry Martini à mes côtés. Je la taquine sur le fait qu'elle porte le parfum d'un concurrent, mais nous tombons vite d'accord : Mitsouko lui va comme à aucune autre. Et là, à ciel ouvert, le regard perdu dans les ocres de Romè, nous faisons l'amour.

Depuis, les rares fois où je croise Mitsouko, je me retrouve sur ce balcon, à cet instant-là, éternel comme la ville ainsi dite, avec Alma dans mes bras. Mon nez exceptionnel n'y est pour rien, l'odorat a mille fois plus de mémoire que tout autre sens, et chacun de nous, pour peu qu'il retrouve la réplique exacte d'une senteur du passé, revivra, fulgurant, un moment d'exception. Je brûle de le raconter à Louise, mais jamais elle ne me demande, ni ne me confie quoi que ce soit de cet ordre-là — on ne parle pas de sa vie privée à un vieux, encore moins à un père.

Essayons un peu d'imaginer comment elle se représente *monsieur Pierre* en jeune amoureux... Un brave gars qui, au temps d'avant, s'endimanchait pour aller au bal et conter fleurette à une fille, sous l'œil vigilant de son père. Et le jour des noces, tout se terminait par *Le temps des cerises*. Voilà sans doute ce qu'elle pense, la naïve. Je n'ai plus le droit, au risque de passer pour un vieux barbon, de raconter mes titres de gloire, mes conquêtes, mes quartiers de noblesse. Le pépé racorni et voûté que je suis aujourd'hui en a tenu plus d'une dans ses bras, et si fort qu'ils en tremblent encore. *On ne crée un parfum que pour une seule*, disait mon père. C'est sans doute vrai, mais je n'ai jamais su laquelle, elles étaient si nombreuses à être uniques ! J'ai appris en lisant leurs Mémoires que plusieurs femmes célèbres se vantaient d'être l'inspiratrice de Manège, que j'avais lancé en 1967. *Un soir maître Pierre m'a dit : Vous me faites à ce point tourner la tête que pour vous je créerai Manège...* Ah ! mes beautés, mes amantes, mes courtisanes, je ne sais plus à laquelle d'entre vous je dois ce Manège, mais je sais qu'il tournera longtemps après ma mort !

*

Louise me voit comme l'homme qui a connu la terre entière, et l'a parfois menée par le bout du nez. Mais quelque chose me dit que ça ne va pas durer, car ni ma mémoire ni sa curiosité ne sont inépuisables. Bientôt elle aura fait le tour du personnage, et je redeviendrai cette entité obsolète, perdue dans son mausolée.

— Il est bon, votre thé, monsieur Pierre.

Si je n'avais pas créé de parfums, j'aurais composé des thés. Il est doux de boire ce que l'on sent.

— Vous avez commencé à quel âge, la parfumerie ?

Elle ne me croirait pas. Dès que papa avait le

dos tourné, je mélangeais quelques fioles, au petit bonheur.

— J'ai baptisé mon premier Vertige. J'avais six ans. Tout juste bon pour une rentière mal embouchée.

Elle rit, croyant que je plaisante. Elle croise haut ses jambes. Ses genoux frôlent sa poitrine. Que ne donnerais-je pour déplier ce corps.

Je vais mourir bientôt, tu sais.

— Dites, monsieur Pierre, comment était Coco Chanel, dans la vie?

— J'ai envie de vous sentir, Louise.

— ... Me sentir?

— Vous sentir.

Elle sourit, interloquée. Innocente. Elle ne sait pas ce que le mot sentir recouvre. Quand, en fait, il recouvre tout. Elle ne me regarde plus comme le vieux parfumeur de l'étage d'en dessous. Je ne sais plus quel âge j'ai, je m'en fous. Elle voit bien que je m'en fous. Je sens qu'elle prend son élan, comme les femmes qui vont se donner. Elle se lève, défait le premier bouton de son corsage, s'approche de moi. Et m'offre sa gorge.

— Ça, je l'ai depuis longtemps. Ce que je veux, c'est votre odeur brute. Votre essence même. L'essence de Louise. Celle qu'aucune fragrance n'a jamais altérée. C'est tout votre être que je veux.

— ... ?

— Qu'avez-vous à craindre d'un vieillard comme moi? Je ne vous toucherai même pas, ça ne prendra qu'un instant, et plus personne au monde ne vous sentira comme je l'aurai fait. Je vous aurai *sentie*.

Elle se lève, abasourdie, et quitte le salon en claquant la porte.

Qu'est-ce qui m'a pris, bon Dieu !

Ai-je voulu achever notre histoire à la façon d'un mélodrame plutôt que de la voir s'abîmer dans l'indifférence ?

Ou bien ai-je essayé d'ajouter, et de pitoyable façon, ma touche à la complainte du vieux Ronsard ? *Qui ne peut plus cueillir les roses de la vie, se contente de les sentir...*

Te voilà bien avancé, fossile.

*

Les jours suivants, je l'entends descendre l'escalier d'un pas sec, implacable, comme courroucée d'avoir à passer devant ma porte. Elle ne porte plus mon parfum, qui désormais doit lui faire l'effet d'un remugle d'égout. Voilà bien la pire des sentences.

J'ai pris le risque de tout gâcher, et j'ai perdu. Mais qu'ai-je perdu, après tout ? Une demoiselle de compagnie, qui, pour quelques heures aimables, me condamne à des nuits sans sommeil ?

Qu'on me laisse maintenant parcourir tranquillement ma dernière et courte ligne droite. Résigné à l'idée que les odeurs de ce monde ne me procureront plus aucune émotion. Le voilà, le vrai deuil.

Même le Jardin des Plantes a plus à apprendre de moi que moi de lui.

*

Ai-je eu raison, durant ma vie entière, de laisser mon flair me diriger en tout, prendre toutes les décisions pour moi ? On dit que si un individu est doté d'un sens surpuissant, c'est pour en combler un autre, défaillant. Sans doute ai-je été sourd aux doléances de mon entourage. Aveugle aux injustices de la rue. Et à trop caresser je n'ai pas su retenir.

*

On toque à la porte. Il est tard.
— ... Louise ?
Elle entre, drapée dans sa robe de Diane. Mon cœur s'emballe mais pas le moindre cillement ne me trahit. Dans le salon, elle fait glisser sa robe à terre. Puis s'allonge sur le canapé en ouvrant les jambes, à peine, comme des ciseaux. Elle tourne son visage de côté. Le sang me monte aux joues. Je m'agenouille. Ai-je jamais été plus jeune qu'à cet instant ? J'approche mon visage, les yeux clos et, sans doute pour la dernière fois de mon existence, je rassemble toute la science, toute la ferveur qu'il me reste.

Tout commence par une note de tête à forte tonalité ambrée, au départ boisée puis balsamique. Suivie d'une variation de jasmins, avec une trace de benjoin de Siam, suave, d'une grande ténacité. Puis une pointe de bois de santal stabilise un étrange mélange de civette, animale, intense, et un trait de vanilline qui constitue déjà la note de cœur. La note de fond, irisée, se prolonge dans un juste équilibre de cardamome et d'essence de litsea persistante.

Une éternité plus tard, j'ouvre les yeux.

Encore ivre d'elle, je la vois saisir sa robe au passage et disparaître.

Elle vient de me rendre tout ce que j'ai donné aux femmes.

Mes yeux se ferment à nouveau.

Et qu'importe si dehors le jour vacille déjà.

Le rouge, le rose et le fuchsia

à Jacques

Dans la vitrine d'une boutique d'antiquités, un petit meuble attendait ses nouveaux maîtres après cent cinquante ans de bons et loyaux services dans diverses antichambres. Il s'agissait d'une console en merisier, ravinée par endroits mais toujours digne, composée de cinq petits tiroirs et d'une tablette extensible, recouverte de cuir vert bordé d'un liseré or. Entre ses pieds droits et vernis, on avait placé un tabouret du même bois. Une jeune femme qui passait par là au bras de son mari s'écria :

— Je le veux !

— Qu'est-ce que tu ferais d'un secrétaire ?

— Ça n'est pas plutôt ce qu'on appelle une scribanne ?

— Je n'y connais rien mais j'ai l'impression qu'une scribanne tient plus de la commode.

— Le secrétaire a forcément un abattant, non ?

— Quel que soit le nom que ça porte, à quoi ça te servirait ? Tu as déjà un bureau.

— Un bureau ? Cette planche que tu as posée sur deux tréteaux ?

— À part une ou deux factures, tu envoies combien de courriers par semaine ?

— Et si j'avais envie d'écrire, je ne sais pas, des sonnets, des billets doux ?

— ... ?

— Non, sérieux, ce meuble-là serait parfait près de la fenêtre qui donne sur la cour, et il remplirait quantité de fonctions. Réfléchis-y.

Ce qu'il fit, de bonne foi. Sans le savoir, elle avait pointé un tout récent besoin de son mari qui, après vingt années passées derrière des claviers et des écrans, était tenté de renouer, pour des occasions choisies, avec l'écriture manuscrite. Certes, les nouveaux outils de communication lui étaient devenus indispensables, impossibles à remettre en question, mais il lui arrivait de ressentir dans sa correspondance privée un manque de profondeur, de respect. Il se mettait à rêver de pleins et de déliés, de grammages de papiers rares, d'encre bleue Aquarelle et, surtout, de phrases, patiemment ciselées à la plume et gravées comme l'expression fidèle de ses sentiments envers ses destinataires. Et si un simple meuble, un peu précieux, un peu vieillot, un peu désuet, conçu tout spécialement à cet effet, un meuble qui avait inspiré tant de correspondances et contenu tant de secrets, lui permettait enfin de franchir ce pas ? En outre, l'acquisition d'un petit cabinet d'écriture tournait en dérision toute cette belle technologie qui avait émoussé son indépendance d'esprit, et privilégié l'immédiateté du message, non sa densité. Mais plutôt que de partager son enthousiasme, il préféra jouer au mari victime des toquades de sa femme ; ne fallait-il pas, de temps en temps, lui donner l'illusion de céder à ses caprices s'il voulait que parfois elle cédât aux siens ?

— On entre juste pour demander le prix, dit-il, ensuite on fuit en courant. Un meuble Empire dans un quartier pareil, c'est notre ruine et celle de nos enfants.

Ils pénétrèrent dans le magasin au son d'un vieux grelot qui annonçait à sa façon que, au-delà de cette porte, le temps ne comptait plus. De fait, ils quittèrent le Paris d'aujourd'hui pour un passé de bric et de broc, aux tons ocre et sépia, où chaque bibelot sollicitait l'imagination du visiteur et ses souvenirs de communale. D'emblée, le mari se sentit presque mal à l'aise au milieu de ces objets dont la petite histoire racontait la grande et le renvoyait à son inculture générale. Jésus-Christ a-t-il connu la marqueterie ? Lequel de Copernic ou de Galilée aurait pu faire tourner cette mappemonde et ses constellations ? Le bouddha en améthyste : volé dans un temple ou *made in Taiwan* ? Le Directoire ? Avant ou après la Restauration ? Et chacun des deux avait-il duré assez pour créer son style de meuble ?

L'antiquaire, dans une pièce adjacente, rajusta d'un geste délicat le foulard en soie qui lui tenait lieu de cravate avant d'accueillir ses visiteurs.

— Nous nous intéressons à ce petit secrétaire, dit le mari après avoir hésité avec « pupitre ».

— La scribanne, rectifia sa femme.

— Mon bonheur-du-jour ? Comme je vous comprends !

Un « bonheur-du-jour ». Le camouflet de l'homme de l'art au béotien ! Le mari comprit tout à coup pourquoi il avait toujours détesté, dans les marchés aux puces, les types assis derrière leur stand qui, dès qu'un chaland saisissait un vase ébréché, lançaient : *Attention, c'est un Daum !* Quelle suffisance ! Après tout, c'était quoi, un antiquaire, sinon un brocanteur pris de mégalomanie ? Cette espèce de lutrin sur pied, un « bonheur-du-jour » ? Tout à coup, l'envie de posséder un meuble ancien lui parut aussi anachronique que sa présence dans ce magasin.

— Époque Louis-Philippe, sobre, haut, avec une petite particularité, son piétement est droit au lieu d'être en sabre, plus courant à l'époque. Si vous posez un miroir sur la console, vous pouvez le transformer en coiffeuse, dit-il à l'épouse.

— Je le préfère comme il est.

— Essayez-le donc, faites connaissance. Je reviens dans un moment.

En s'éloignant, l'antiquaire savait ce qu'il faisait. Il avait repéré le petit couple de néophytes, un modèle connu, le mari sur la défensive et la femme plus frondeuse, prête à commettre une folie ; si on tentait de leur forcer la main avec du baratin d'expert, ceux-là prenaient la fuite en promettant *d'y réfléchir*. Plus habilement, il fallait les laisser seuls un moment afin qu'ils se lancent dans une joute dont eux-mêmes ne connaissaient pas l'issue. De fait, l'épouse, assise sur le tabouret verni, penchée dans une pose de copiste, se voyait déjà confier ses pensées intimes à son « bonheur-du-jour ». Avant qu'il ne soit trop tard, le mari lui chuchota à l'oreille :

— Tu as vu la veste de ce type ?

— Sa veste ?

— Elle est rose.

— Elle n'est pas rose, elle est fuchsia.

— Rose ! Un rose avec un peu plus de rouge, mais ça reste rose.

— Fuchsia, je te dis. Elle tient plus du violet que du rose.

— Alors disons que c'est une nuance de rose qui ne porte pas encore de nom, ce serait un rose *dépassé*.

— N'importe quoi...

— Comment font les homos pour assumer des couleurs pareilles ?

— Sans doute parce qu'ils sont un peu moins conventionnels que la moyenne des mecs, et qu'ils ont peut-être un peu plus de goût. Regarde les objets qu'il propose. Je pourrais vivre dans cette boutique.

— On ne peut pas acheter un bonheur-du-jour à

un type qui porte une veste de cette couleur. Quand on ose ça, on ose tout.

— ...?

— Il nous a repérés de loin, il a bien vu qu'on n'y connaissait rien ! Il va nous faire le coup du meuble auquel *il s'est tellement habitué que ce serait un arrachement de le voir partir*. À moins qu'on n'y mette le prix, bien entendu.

— À mon avis, c'est plus un sentimental qu'un arnaqueur. Il préférera vendre son meuble à quelqu'un qui en est digne. Il va demander des garanties. Comme pour une adoption.

— ...?

— À nous de le convaincre. D'apporter la preuve de notre bonne foi, de notre affection réelle et sincère pour ce bonheur-du-jour, lui assurer que nous en prendrons soin, que les gosses ne sauteront pas dessus à pieds joints, qu'on lui fera honneur.

Voyant qu'elle le faisait marcher, il haussa les épaules, puis s'approcha du meuble et ne put résister à l'envie d'ouvrir les tiroirs.

— Ne cherchez pas ! dit l'antiquaire. Dès son arrivée, je l'ai retourné dans tous les sens, en quête d'un compartiment secret, d'une lettre cachée dans un double fond. Une lettre d'amour, forcément !

Une lettre d'amour, forcément... Le mari leva les yeux au ciel, agacé par le personnage, un peu trop affecté pour être honnête, prêt à vendre du moderne pour de l'ancien, de l'Empire pour du Louis XV, du toc pour du certifié. À l'inverse, son épouse s'amusait de devoir marchander avec ce boutiquier désinvolte, précieux, homme de goût mais avant tout homme d'affaires. L'antiquaire leur proposa de passer dans son bureau pour plus de détails, leur montrer un certificat, discuter du prix. En ajoutant *Une lettre d'amour, forcément*, il s'amusait à être lui-même, un être délicat, romantique assumé, qui depuis toujours aimait les hommes et qui désormais ne s'en cachait plus. En le suivant, le mari et sa femme eurent un échange du bout des lèvres :

— Rose !
— Fuchsia !

Ils furent reçus dans un joyeux amoncellement de dossiers, posés ou renversés à terre, et finalement si peu d'objets qu'on aurait pu croire qu'ils étaient les chouchous du patron, ceux qui s'étaient enracinés dans le décor, les bibelots élus, chinés de haute lutte. On trouvait, en tout et pour tout, un bronze animalier qui représentait une lionne attaquant un cerf, une demi-douzaine de sulfures de Murano qui servaient de presse-papiers, et une lampe Gallé, dont le globe orné de lauriers bleus créait dans cette pièce aveugle une ombre céleste. Mais aucun objet, fût-il majestueux, n'attirait mieux l'œil qu'une photo sous cadre de 20 sur 30, éclairée par un spot directionnel, accrochée au beau milieu d'un mur vide et blanc. Il s'agissait du portrait en plan rapproché d'un militaire qui posait frontalement, massivement, l'air mauvais, défiant du regard celui qui entrait dans sa ligne de mire. En treillis de camouflage, le béret rouge tombant sur la tempe gauche, il s'imposait comme s'il était présent en chair et en os, comme s'il prenait possession de la pièce, interdisant aux personnes présentes d'échapper à son contrôle.

Tout à sa négociation, l'antiquaire proposa un café afin d'annoncer en douceur, à des profanes, qu'un bonheur-du-jour Louis-Philippe en parfait état, livraison non comprise, coûtait 1 900 euros. Mais les jeunes gens, oubliant la raison de leur présence, se demandaient maintenant, et à peu près dans les mêmes termes, comment un légionnaire armé jusqu'aux dents, adossé à son char d'assaut, entraîné à conquérir par la force un territoire entier, avait pu rencontrer un antiquaire parisien, entre rose et fuchsia, prêt à s'évanouir d'émotion devant un vase de l'atelier Vallauris.

Sans plus écouter le boniment du vendeur, la femme, troublée, s'interdisant presque de fixer la photo, se prit à imaginer l'histoire qui liait deux hommes si parfaitement contrastés. Seul le hasard, et un hasard exceptionnel, avait pu réunir ces êtres que tout séparait. L'un était mince et musclé, portant une barbe qui durcissait des traits sévères et des yeux noirs. L'autre, la silhouette replète, le visage lisse, ne quittait jamais son discret sourire de prêtre, comme mû par une volonté de contribuer à l'harmonie universelle. L'un parcourait du pays, risquait sa vie par habitude et par choix, se confrontait à la violence des éléments autant qu'à celle des hommes. L'autre, pour qui le moindre incident était une tragédie, vivait dans une bonbonnière, aussi soucieux de son confort qu'un chat. Peu importait l'endroit où ils s'étaient rencontrés, l'un n'avait pas sa veste fuchsia, l'autre n'avait pas son treillis, ils étaient en civil et s'étaient donné le temps de se découvrir. Les bonnes manières de l'un déconcertaient la rudesse de l'autre. Et la cruauté de l'autre comblait la douceur de l'un. Comme tous les couples, ils pouvaient se chicaner aussi sur une nuance de couleur.

— Ton béret n'est pas rouge, il est amarante.

— Le rouge, c'est le rouge.

— Entre le rouge et le rouge, il y a le carmin, le cinabre, le cramoisi, le garance, le grenat, le vermeil, et tant d'autres.

— Le rouge pour moi, c'est la couleur du sang, et bienheureux celui pour qui c'est la couleur du coquelicot.

Quand l'un partait en mission, l'autre l'imaginait dans un désert, ou une jungle, cerné par mille dangers dont il triomphait toujours. Et quand le héros, dans sa chambrée, rêvait à son boutiquier d'amant, il l'imaginait dans un écrin de soie qu'ils partageraient bientôt. De retour à Paris, l'un racontait comment il avait repris, au terme d'un combat sanglant, un territoire à des rebelles. L'autre lui décrivait comment il avait disputé un divan Renaissance à des chiffonniers. Sur ce mode, ils pouvaient tenir des heures.

— Hier, j'ai délivré des otages, et toi?

— Moi, je suis allé au vernissage de l'expo Daumier.

Loin d'être un jeu, il s'agissait d'une réelle curiosité pour ce que vivait son bien-aimé hors de sa présence.

— J'ai dormi trois nuits dans un marécage.

— Moi j'ai poussé jusqu'à Nevers pour expertiser un Lalique.

Aucun des deux ne tournait l'autre en dérision, excepté pendant leurs engueulades, car ils en avaient, comme tous les couples, et comme tous les couples ils tapaient là où ça fait mal. L'un traitait l'autre de fiotte, avec ses airs de douairière et son jack russell idiot. L'autre moquait le bon petit soldat qui marche au pas sous les ordres d'un lieutenant.

Mais si toutes les histoires se terminent un jour, la leur n'avait pas connu d'issue paisible dans le dernier souffle des vieillards. Comment expliquer cette photo, en plein milieu d'un mur à la blancheur du linceul, sinon comme une gravure de pierre tombale, hommage à un cher disparu, mort au combat, tué en mission. Et depuis, le veuf à la veste fuchsia ne se consolait pas d'avoir perdu son beau légionnaire. Pouvait-on imaginer fin plus romantique?

Comme il a dû être heureux, se dit la jeune femme, attendrie.

Très étrangement, son mari, tout aussi intrigué par la photo, pensait : *Comme il a dû en baver!*

Car lui n'avait jamais cru à l'accord des

contraires. Peu au fait de la chose militaire, il regarda à nouveau vers le soldat sans pouvoir déterminer si son béret rouge le rangeait chez les parachutistes ou dans un autre corps d'armée, si les barrettes sur sa manche faisaient de lui un colonel ou un deuxième classe. Pour évaluer son degré de dangerosité, il se fiait, plutôt qu'à ses insignes, à la dureté de son visage, à la sévérité de sa posture. Quel que fût son bataillon, il s'agissait d'une unité d'élite, un rendez-vous de têtes brûlées, et c'était bien ce débordement de testostérone qui avait fait chavirer le vendeur de bimbeloterie. Le vieux beau et la bête. Ah le frisson de le voir s'engager dans des opérations de commando, de l'imaginer se jeter dans les airs, terminer son vol dans un territoire à feu et à sang, rétablir l'ordre coûte que coûte. Ah son guerrier sans cœur et sans reproche ! Leur histoire, à n'en pas douter, ressemblait plus à un drame qu'à une romance, car l'antiquaire ne fascinait en aucune manière le jeune militaire, et seules des raisons sordides les avaient réunis. Le mercenaire avait assiégé un riche, un naïf commerçant consumé de passion pour une icône de virilité. Il l'avait tourmenté, ruiné, et l'autre en redemandait, car il fallait bien payer, et de toutes les manières possibles, pour mériter son cruel éphèbe. Entre deux missions, de retour à Paris, accueilli dans un cocon de luxe, il se laissait vénérer par cet homme mûr et sans défense qui n'avait jamais aimé sans souffrir. Mais bien vite, le vieux beau s'était montré possessif et jaloux, comme tous ceux que la passion ronge, il s'était mis à redouter la promiscuité des casernes, à soupçonner les pires turpitudes au fond des baraquements. Un soir, s'essayant au mépris, il était allé trop loin en donnant à son militaire le statut d'objet, et Dieu sait s'il s'y connaissait en la matière.

— Je t'ai eu pour trois sous dans une foire de province. J'ai vu en toi la bonne affaire, le modèle unique. Tu n'es qu'une contrefaçon, fabriquée en série, une copie, et mauvaise.

La bête, que rien ne pouvait vexer, s'en était allée vers d'autres aventures.

Aujourd'hui encore, l'antiquaire pansait ses blessures; il avait accroché cette photo comme un trophée, obtenu au prix fort, mais qui resterait sa plus belle, sa plus intense, sa plus ténébreuse histoire.

— J'ai l'impression que le prix vous laisse perplexes...

Après un laïus fort convaincant, l'antiquaire s'apercevait enfin que ses interlocuteurs ne lui consacraient pas la moindre attention.

— Je peux baisser de 10 % si vous vous occupez du transport.

— Affaire conclue, dirent d'une même voix le mari et sa femme.

Le bonheur-du-jour allait reprendre du service, peut-être pour plusieurs générations. Avant de quitter le bureau, le mari ne put s'empêcher de désigner la photo du baroudeur accrochée au mur. S'il ne l'avait pas fait, sa femme, malgré son impeccable discrétion, n'aurait pas hésité à poser la question qui lui brûlait les lèvres. Mais après tout, était-il possible d'exhiber un pareil portrait, et de façon si ostensible, sans s'exposer à la curiosité des visiteurs ? L'antiquaire n'eut pas besoin d'entendre formuler la question à laquelle il avait répondu cent fois.

— Ah vous avez jeté un œil à cette photo ? Elle évoque pour moi tant de bons souvenirs. Mais elle témoigne aussi de l'injure du temps sur le corps des hommes. À l'époque, j'étais beau gosse, non ?

Patience d'ange

Depuis la maladie de leur enfant, ses parents veillaient au bon usage du mot *malheur* et de ses synonymes.

Pour avoir été de ceux qui crient à la catastrophe à la moindre contrariété, ils ne toléraient plus, après avoir pleuré pour de bon, que l'on confonde *mauvaise passe* et *adversité*. L'homme prompt à invoquer la *disgrâce* est rarement à la hauteur des afflictions qu'il prétend subir. *Angoisse*, dites-vous ? Contentez-vous d'une bonne inquiétude, l'angoisse n'est pas dans vos moyens, priez pour en être épargné. *Dévasté* pour une peine de cœur ? Prétentieux que vous êtes, s'il en était des douleurs morales comme des physiques on vous traiterait de douillet, de poltron. Et faut-il être lâche pour oser mettre en avant la *fatalité* afin de se dédouaner de ses échecs ! Méfiez-vous, la *malédiction* ne se fait connaître que si on la convoque. Celui qui *porte sa croix* comme on porte un sac de plage mérite un jour de traverser une véritable épreuve. Impossible aujourd'hui de ressentir du vague à l'âme sans s'en remettre à

l'inévitable *dépression* et à ses menaces de thérapie. *Chagrin*, *tristesse*, de si jolis mots pour de si
délicats tourments, qu'êtes-vous devenus...?

— Chéri, tu n'as pas oublié le rendez-vous du
petit?

— Quel rendez-vous?

— Chez le professeur Rochebrune.

— Tous les autres ont échoué, qu'est-ce qui te
fait croire que ce Rochebrune sera meilleur?

— Tu as dix minutes pour te préparer.

Avant, le père aurait prétexté une journée haras-
sante et repoussé le rendez-vous. Ce soir, il s'em-
pressa de changer de chemise. En l'attendant, la
mère se regarda de pied en cap dans le miroir de
l'armoire, prit une pose de trois quarts pour cacher
une courbe qu'elle trouvait disgracieuse puis posa
une main sur son ventre pour en éprouver la fermeté. Elle contracta ses abdominaux, cambra légèrement les reins, fit pigeonner sa poitrine. *Avant*, elle
aurait pleuré sa belle silhouette de jeune fille, aujourd'hui elle se félicitait d'être restée la même
dans la tourmente.

— J'ai annulé les Lagarde demain soir, dit-il. Je
pensais qu'ils nous invitaient par pure amitié, mais
je viens d'apprendre que Fred a des problèmes avec
les commerciaux et il veut que je le couvre.

Avant, il aurait mêlé sa vie professionnelle à sa
vie de famille sans consulter personne. Désormais,
il y avait une vie après le bureau.

— Les Lagarde? C'est bien les adeptes du canyoning et du sorbet gingembre ? On va s'en remettre.

Il éclata de rire. Leur toute récente complicité surgissait toujours par surprise. Ils échangèrent un regard affectueux : l'insouciance les guettait à nouveau.

— Je vais chercher Justin, on t'attend en bas.

Dans sa chambre, elle retrouva l'enfant dans la même posture que deux heures plus tôt, les bras ballants au bord du lit, les yeux morts. Elle se pencha à son oreille, murmura son prénom et lui prit la main, froide de trop d'inertie.

Peu après son dixième anniversaire, le petit Justin avait été retrouvé le corps statufié, le regard figé dans une expression indéchiffrable, curieux mélange d'inquiétude et d'ennui. À l'issue d'une série d'examens, les spécialistes avaient affirmé que l'enfant n'avait rien perdu de ses facultés motrices, sensorielles ou mentales, mais aucun n'avait su expliquer cet état de sidération psychique qui, en général, suivait un épisode d'extrême violence. Les parents, forcément suspects, avaient clamé leur innocence : *il n'a subi aucun traumatisme ! Hier encore il débordait d'énergie, excité à la perspective de ses vacances d'été ! Cessez de nous regarder ainsi !* Ce précédent avait déclenché une bataille de spécialistes, tous impatients de léguer leur nom à une pathologie inédite, avant de se murer, faute d'un diagnostic fiable, dans un mutisme aussi parfait que celui de l'enfant. Les parents affolés avaient fui les praticiens empressés de brandir leurs concepts fumeux, pour se rapprocher de ceux qui optaient pour une approche plus familière, plus *humaine* disaient-ils. L'un d'eux était parvenu à la conclusion que Justin avait *quitté les lieux*. En d'autres termes, la maison était saine, en état de marche, chauffée, rangée et propre, mais son habitant l'avait fuie comme s'il avait senti l'imminence d'un cataclysme. Un autre avait affirmé au contraire que Justin était resté dans la demeure, mais qu'il avait pris soin, pour protéger son isolement, de dresser divers obstacles — portes verrouillées, radars, fils barbelés —, chacun nécessitant une clé ou un outil de grande précision. La mère s'était raccrochée à cette seconde image, la prolongeant d'une autre, qui lui semblait révélatrice de l'état de son cher petit : elle le voyait comme un coffre-fort qui recelait des trésors, mais dont personne ne connaissait la combinaison. Pour la trouver, comme un médecin avec un stéthoscope, il lui fallait désormais écouter le cœur de son enfant. Le père s'était laissé convaincre par l'image du coffre-fort, même si, certains soirs, à bout de patience, il avait eu envie de l'attaquer au pied-de-biche.

La mère caressa la joue du fils, le temps pour elle de chercher *la* formule. Elle avait remarqué que Justin réagissait parfois à une phrase, comme si elle parvenait jusqu'à son esprit conscient par on ne sait quel chemin détourné. Le jour où, devant le téléviseur, elle lui avait demandé : *Tu veux que je change*

de chaîne? le gosse avait grogné un refus catégo-
rique. Plus récemment, elle lui avait dit : *C'est
dommage de laisser des rollers presque neufs dans
le cagibi. Je peux les offrir à Benoît?* Moins d'une
minute plus tard, des larmes avaient coulé sur les
joues de l'enfant. Mais quand ces miracles avaient
lieu, impossible de les reproduire, les formules de-
venaient caduques, comme si Justin, une fois piégé,
ne s'y laissait plus prendre. Ce soir-là, elle tenta un
prosaïque :

— On va faire un tour en ville?

Contre toute attente, elle perçut un cillement invisible pour tout autre qu'une mère, un battement
d'aile de papillon, unique, mais qui ne laissait
aucun doute : Justin avait réagi! Certes, elle aurait
vu un *oui* dans quantité d'autres manifestations, un
frémissement de lèvre, un froncement de sourcil,
mais celle-là ressemblait à une preuve de la bonne
volonté du gosse, de son besoin de communiquer,
de quitter son armure de silence. Ce clignement de
paupières, c'était un éclair de joie qui déchirait les
ténèbres, une trêve accordée par les forces du mal,
un bouquet de baisers d'un fils à sa mère. C'était
surtout la lumineuse promesse d'un retour à la nor-
male, à cette douce époque où l'enfant faisait des
bêtises et du bruit. Comme il lui arrivait, tout à l'inverse, de disparaître derrière un livre jusqu'à en
faire oublier son existence.

Lentement, il se dressa sur ses jambes et descen-
dit l'escalier, une main sur la rampe, l'autre dans

celle de sa mère. Le père, au bas des marches, adressa une discrète mimique à sa femme, une sorte de code très élaboré leur servant à établir un *degré d'herméticité* dans lequel l'enfant était plongé.

— Entre 70 et 80 %, répondit-elle.

La moyenne se situant plutôt vers les 95, cette énième consultation en hôpital s'annonçait moins pénible que prévu.

— Tu es courageuse, ma chérie, dit-il à mi-voix.

— Sans toi, je n'y arriverais pas, répondit-elle d'un tendre sourire.

*

Oubliant un instant leur fils qui goûtait par la fenêtre le souffle du vent, le père, au volant, aborda le cas de Paul-Antoine Kremer, son collègue atteint de mononucléose. En arrêt maladie depuis deux bons mois, le malheureux ne pourrait pas représenter la filiale française à la réunion annuelle de Dayton, USA.

— À la direction générale, ils ont cherché un remplaçant au pied levé. Un nom a été cité...

Avant, sa femme aurait vu dans la manœuvre de son mari une désertion. Désormais, elle l'aidait à ne plus manquer les rendez-vous importants.

— Accepte, chéri. Je me réjouis pour toi.

Stupéfait d'avoir gagné la partie sans même livrer bataille, il lâcha un instant le volant pour embrasser sa femme sur la tempe. Dayton ! L'opportu-

nité de se constituer un réseau outre-Atlantique,
20 % de majoration sur son salaire en tant que nouveau porte-parole de la boîte, un coup d'accéléra-
teur inespéré à sa carrière, de quoi rattraper cette
période difficile qu'ils venaient de traverser au chevet du gosse.

— Trois jours et deux nuits, ajouta-t-elle.

Une précision qui résumait tout un argumentaire
qu'elle tut en présence de l'enfant mais que son
mari comprit in extenso : *Ne me laisse pas seule
avec lui trop longtemps car je peux perdre espoir.*

— À charge de revanche, dit-il. Ta sœur te propose régulièrement de faire une fugue entre filles, à
Barcelone ou Lisbonne. Cette année fais-le.

Apaisés, ils laissèrent un délicieux silence s'installer. Lui, accoudé au bar de l'hôtel Wyndham de
Dayton, un verre de Jack Daniel's à la main, face à
son homologue américain qui lui proposait le *de-
briefing* des réunions de la journée. Et elle, au bras
de sa grande sœur, arpentant les allées de la Sagra-
da Familia, avant de rejoindre leur petit bistrot à
tapas dans le soir tombant.

*

— Vous allez lui faire passer des tests, docteur ?

Le professeur Rochebrune eut à peine le temps
de croiser le regard vide de l'enfant qu'il dut calmer l'impatience du père et l'inquiétude de la mère.

— Et si nous faisions d'abord connaissance ?

Il proposa aux parents de les voir séparément afin que chacun puisse, à sa façon, sans concertation avec son conjoint et hors de la présence de l'enfant, retracer les étapes qui les avaient conduits dans ce cabinet. Un peu saisis, ils hésitèrent sur l'ordre de passage, et ce fut le père qu'on installa dans la salle d'attente afin de laisser sa femme subir l'épreuve en premier.

— Présenter Justin en quelques mots est impossible... Toutes les mères vous diront que leur enfant est exceptionnel... Il se trouve que, pour le mien, c'est le cas... Toutes les mères vont diront que le leur également, mais c'est parce qu'elles n'ont jamais rencontré Justin... Il était parti pour réaliser tout ce que j'ai abandonné en cours de route... Mais peut-être qu'à sa manière il s'est fermé à l'hostilité du monde, comme je l'ai fait il y a longtemps... Toute jeune, je menais un combat permanent contre l'injustice, mais je perdais souvent... Oui, j'ai connu la cure de sommeil... J'ai payé cher mes utopies... Et puis j'ai rencontré François, mon mari... Son acceptation du monde tel qu'il était lui donnait envie d'en découdre... C'est sans doute cette assurance qui m'a poussée vers lui, cette ténacité... J'ai eu Justin parce qu'il voulait un enfant, moi j'avais trop peur de lui transmettre mon mal de vivre... De fait, il me reste de mon accouchement des images d'apocalypse... Quand nous sommes arrivés à la clinique, je me souviens d'avoir dit à une infirmière : « Désolée, c'est une erreur, tout est une erreur depuis le début, je ne veux plus accoucher, je veux rentrer chez moi, je me suis trompée, excusez-moi pour le dérangement, dites à l'ambulance de faire demi-tour, je rentre, et vous ne me reverrez plus. » Et, dès que l'enfant est arrivé, j'ai su qu'il serait mon prolongement, ma revanche... À peine remise du séisme qu'il a provoqué dans ma vie, je n'ai raté aucune étape de son évolution, j'ai même réussi, sans jamais le contraindre, à révéler son âme d'artiste... Il chantait comme un ange et dessinait comme un petit maître... Il a même écrit des vers... C'était comme si j'avais trois enfants en un seul... Et tout à coup, il s'est volatilisé... Aucun signe avant-coureur... Aucune sommation... Depuis, je m'interroge sur les mystères insondables du cerveau qui laissent toute la gent médicale impuissante... J'imagine qu'il a une vie intérieure intense... Les premiers temps j'ai cru que ce malheur allait nous séparer, François et moi... Son orgueil de père, son goût pour la performance... Avoir un fils hagard... Imprésentable à ses collègues, à ses amis... J'ai eu peur qu'il ne rejette la faute sur moi comme quand Justin faisait une bêtise... Or, c'est le contraire qui s'est passé... Dans la tourmente, j'ai découvert un homme de cœur qui oubliait un instant son ambition pour tenter de soulager la détresse des siens... De nous deux, le grand sensible, c'est lui ! De mon côté, j'ai refusé de sombrer... De céder à la tentation de glisser vers cet état d'abandon que je connais si bien... Je ne peux plus me permettre d'être dépressive... Car qui, sinon moi, saura lire dans le cœur de mon enfant?... Je me dois d'être son lien avec le monde extérieur... Parfois je l'imagine parti en voyage, un voyage dont il nous aurait exclus... Avec mon mari nous parvenons à en parler sans gravité, de ce voyage... Il nous est même arrivé d'en rire... un rire affectueux, qui fait du bien... Je me souviens de ce jour où Justin était encore parmi nous, il avait trois ou quatre ans, et nous nous promenions en forêt, tous les trois. Le gosse n'avait pas cessé de tout commenter, les arbres et les oiseaux, la terre et le ciel, un baratin inextinguible, à tel point que son père et moi nous nous sommes demandé comment nous avions pu engendrer une créature aussi bavarde! Eh bien, il y a deux mois de ça, en refaisant la même balade, Justin a traversé cette forêt comme s'il était encore dans sa chambre, et cette fois nous nous sommes demandé comment nous avions pu engendrer une créature aussi silencieuse!... François me jure que l'on revient invariablement d'un long périple... Il dit que l'on ne sait pas toujours pourquoi l'on part mais que l'on sait pourquoi on revient... En attendant son retour, je m'occupe... Je ne dois pas stagner, je dois avancer, accomplir, j'ai une vie à vivre moi aussi, Justin m'en voudrait d'avoir attendu à quai... Je dois rester forte, pour lui et pour François... Vivre avec un fils aussi profondément retranché sur lui-même a renforcé ce fameux sixième sens qu'ont les mères dès qu'il s'agit du bien-être de leur enfant... Le plus imperceptible de ses soupirs est comme une longue lettre qu'il m'envoie et que moi seule sais déchiffrer... Sa maladie est toujours inconnue, les spécialistes s'enlisent, ils parlent d'un précédent médical, un cas d'espèce, ils l'ont exhibé comme un petit prodige, des neuropsychiatres de tous les pays se sont déplacés pour se pencher sur son chevet, on parle de lui dans les revues scientifiques, on tente de percer son mystère, sa photo circule sur Internet... Ce n'est pas ce genre de reconnaissance que nous attendions mais elle prouve que Justin sait se singulariser dans tous les domaines... Oui, toutes les mères vont vous dire que leur enfant est exceptionnel mais le mien me le prouve tous les jours... Son père et moi gardons espoir. Nous l'attendons.

Quand elle se fut tue, le professeur la remercia, la pria de rejoindre la salle d'attente et de lui envoyer son mari. Lequel prit le temps de la réflexion avant de se lancer dans l'exercice.

— Que vous dire de Justin... Nous lui avons fait passer tous les examens possibles et ça n'a rien donné... Impossible de savoir ce qui a pu se produire... Ce n'était même pas un accident, un traumatisme, non rien, un matin on l'a retrouvé dans son lit, comme ça... Après les premiers instants de stupeur, j'ai paniqué, j'ai cru que la mort était venue habiter son petit corps et que bientôt elle allait nous l'enlever sans dire pourquoi... Mais il y a plus mystérieux que la mort, vous savez... Il y a l'absence... Parfois cette absence me paraît si in-

supportable qu'il m'arrive de la nier, de faire
comme si Justin était encore parmi nous, et je me
mets à lui parler, en tête à tête, des heures durant.
Jamais je ne lui ai tant parlé... J'en profite pour lui
dire tout ce qu'un père doit apprendre à son fils...
Un peu comme on le fait pour une personne dans le
coma, je lui tiens compagnie en espérant prononcer
le mot magique qui le fera se dresser dans son lit en
demandant : *Papa ? Où sommes-nous ?*... Au début,
il m'est arrivé de le veiller jusqu'à l'aube... On al-
ternait une nuit sur deux, Hélène et moi... Nous aurions pu payer quelqu'un, ou le placer dans un ins-
titut, mais il fallait qu'au moins l'un de nous deux
soit présent à son retour... Je ne vous cache pas
qu'après la peur c'est la colère qui s'est emparée de
moi. Un phénomène qui n'a pas d'explication pro-
voque chez moi un sentiment d'impuissance qui
vire à l'indignation puis à la colère. Pas moyen
d'obtenir un diagnostic fiable de toutes ces vieilles
barbes en blouse blanche, ces patrons, ces manda-
rins, ces professeurs bardés de diplômes... Je ne
vous mets pas dans le même sac, docteur, mais je
leur en ai tellement voulu... Ensuite, j'ai été en colère contre moi-même... Il fallait me voir me frapper la poitrine : *Quelle erreur ai-je commise, mon
Dieu !*... Cette phase-là a duré des mois... Sans
doute le besoin d'expier une très grande faute, mais
j'aurais tant aimé savoir laquelle... Toute cette colère, j'ai fini par la retourner contre... Justin. Je ne
devrais pas le dire mais c'est la vérité, j'étais en

colère contre un enfant de dix ans qui a foutu le camp, qui a démissionné. Mais pas seulement... Je lui en voulais aussi pour des raisons parfaitement égoïstes... Au début j'avais honte de le penser, mais maintenant que le temps a passé je peux enfin l'avouer : je le rendais responsable de ma stagnation au sein de mon entreprise. Oui, j'ai fait partie de ces types qui ne vivent que pour leur job, un de ces prédateurs lâchés dans la jungle du libéralisme, obsédés par la conquête des marchés... Mais aujourd'hui je sais que conquérir l'Inde et la Chine n'est rien en comparaison du continent inconnu qu'est l'âme de mon gosse... Il n'y a aucun guide, aucune carte, aucune boussole... Parfois j'ai le sentiment d'aller dans le bon sens et je me perds en route... Mais je cherche encore... Et au début, j'ai bien cru devoir chercher seul... Quand j'ai rencontré Hélène, c'était une demoiselle fragile... C'était même ce côté fragile qui m'avait attiré chez elle... L'affairiste amoureux de la jeune fille qui porte toute la misère du monde sur ses épaules... J'y voyais du romantisme exacerbé quand ce n'était qu'une tendance à la dépression... Quand Justin est arrivé, on aurait dit qu'elle était la première femme à accoucher... Ève en personne que Dieu avait punie : *Tu enfanteras dans la douleur!*... C'était pourtant elle qui désirait un enfant... Même s'il arrivait un peu tôt dans mon parcours, je ne pouvais pas le lui refuser, c'était ma femme... Après la déprime post-partum, il y a eu la phase fusionnelle...

Il m'a fallu longtemps avant de trouver une place sur la photo de famille... Et contre toute attente, quand cette tempête s'est abattue sur nous, Hélène s'est révélée plus costaude que je ne l'aurais cru... Un brusque besoin de solidarité nous a rapprochés. Nous n'étions plus un couple depuis longtemps, nous sommes devenus une équipe... Quand l'un se met à douter, l'autre le soutient. Quand nous sortons d'un hôpital, pas plus avancés que la fois précédente, nous échangeons un regard qui dit : *Chéri, il ne faudra compter que sur nous.* Je sais maintenant pourquoi je l'ai épousée. L'idéaliste a bel et bien les pieds sur terre. De nous deux, c'est elle la battante ! Certes, notre vie n'est pas exactement celle que j'avais imaginée... Au lieu de passer nos vacances en Californie, nous allons en Vendée, chez mes parents, nous leur confions Justin et nous partons pour quelques escapades dans la région, Hélène et moi... Chaque heure passée à deux, rien que nous deux, est précieuse parce que volée à l'adversité... Nous attendons maintenant que Justin vienne nous rejoindre... Il ne nous manque plus que lui...

Le professeur le remercia et demanda à rester en tête à tête avec l'enfant pour une première prise de contact.

Tout individu, y compris les grands spécialistes qui se retrouvaient seuls face à Justin, à son silence minéral, à son indifférence de statue, perdait vite son sang-froid et cherchait le chaos. Le professeur

Rochebrune, pas le moins du monde impressionné, laissa de côté son expertise de praticien pour s'engager dans une sorte de duel flegmatique, car aucun sentiment d'empathie envers un enfant autiste ne le traversait devant Justin : il s'agissait d'admiration. D'instinct il avait reconnu le patient d'exception, au moins aussi fort dans sa catégorie que lui dans la sienne. Le silence qui les liait maintenant était celui du défi, de la mise à l'épreuve mutuelle. De longues minutes s'étirèrent, impitoyables. Le médecin sortit d'un tiroir un paquet de tabac, en démêla quelques brins, propageant dans la pièce une odeur boisée, puis se roula une cigarette d'un geste savant.

— Pour ce que je suis en train de faire en ce moment, je peux être rayé du conseil de l'Ordre. Allumer une clope au beau milieu d'une consultation, enfumer un gosse qui n'aura même pas la ressource de se plaindre. De nos jours, j'encours le bûcher. Même ma femme est persuadée que j'ai arrêté de fumer. Si elle apprenait qu'en cachette je m'en roule une de temps en temps, elle me livrerait une guerre sans merci. Et comme elle a une petite tendance à la dramatisation, elle me ferait miroiter, pour la forme, le spectre du divorce, arguant que là n'est peut-être pas mon seul mensonge. En d'autres termes...

Il s'interrompit pour allumer sa cigarette, bien dodue, craquante. Il inhala une première bouffée et la garda en lui le plus longtemps possible, puis la laissa s'échapper dans un soupir d'aise, comme s'il s'était agi de la meilleure marijuana.

— En d'autres termes, je t'offre de partager mon grand secret en échange du tien.

— ...

— Alors maintenant réponds-moi : comment fais-tu ?

La réponse tardait à venir, mais quelque chose dans le visage de l'enfant venait de se détendre.

Justin retint à grand-peine une dernière seconde d'immobilité puis poussa un râle de fatigue et de soulagement mêlés. La statue se fissura tout à coup, et l'enfant se livra à un ballet solitaire, un enchaînement rituel et maîtrisé ; il fit craquer tous ses os de la nuque à la taille, puis sautilla un instant d'une jambe sur l'autre pour raviver ses muscles et dégourdir sa carcasse. Il se racla la gorge pour retrouver sa voix, massa ses joues engourdies et fit quelques grimaces pour retrouver toute la souplesse de ses zygomatiques.

— Question d'habitude, docteur.

Il avait beau s'y attendre, c'était le médecin qui maintenant se statufiait, la cigarette au coin du bec.

— Que ne ferait-on pas pour le bonheur des siens ? poursuivit Justin. Et le bonheur des siens demande parfois des sacrifices. Ah si les parents savaient tout ce qu'on fait pour eux ! Ah s'ils se doutaient un seul instant de la patience et de l'attention dont il faut faire preuve pour les guider dans la vie.

— Combien de temps vas-tu tenir?

— Ils ne sont pas encore prêts. J'ai peur qu'ils commettent les mêmes erreurs, je les sens fragiles. Dès qu'ils seront sortis d'affaire, je pourrai réapparaître, et je compte sur vous, docteur, pour les préparer à mon retour.

— D'ici là, qu'est-ce que je peux faire pour toi?

— Prescrire deux séances par semaine, rien que vous et moi, afin que je puisse me détendre un peu et discuter le coup, ce serait déjà une belle étape.

— C'est tout?

— Non. La semaine dernière ils m'ont planté devant la télévision et j'ai vu passer une pub pour un nouveau biscuit au chocolat, avec une couche de génoise, une autre de nougatine. L'idée d'y goûter m'obsède!

— Je vais me renseigner...

Le docteur ouvrit les fenêtres, brassa l'air pour évacuer l'odeur du tabac, puis se retourna vers Justin:

— J'y vais?

Après un dernier hochement de tête, Justin retrouva son immobilité et ses yeux morts.

Les parents lui passèrent la main dans les cheveux. Rochebrune affichait son habituel et bienveillant sourire.

— Je ne dirai pas que je suis arrivé à communiquer mais quelque chose s'est passé, il est trop tôt pour dire quoi. Dans les premiers temps, il nous faudra deux séances par semaine. Mais je vous certifie qu'il va faire des progrès fulgurants dans les mois à venir.

Les yeux de la mère et du père se mirent à briller d'espoir. Justin aurait aimé croiser leur regard à cet instant-là.

L'aboyeur

Au 61 rue du Dragon, à Paris, se cache un hôtel particulier derrière un mur d'enceinte orné de médaillons aux motifs allégoriques. En 1667, le duc de Beynel, intendant de justice de Louis XIV, en avait confié la construction à l'architecte Nicolas Le Riche, élève de Mansart. Le bâtiment de 2 000 m^2 se constituait d'un corps principal entre cour et jardin, avec une aile unique et un grand escalier à deux volets suspendus. Réquisitionné à la Révolution française, puis laissé à l'abandon, l'hôtel de Beynel fut revendu à un maréchal d'Empire, qui le légua, faute de descendance directe, à un neveu, fonctionnaire de l'octroi. Il fut classé monument historique en 1924, notamment pour un plafond peint, fin XVIIIe, par Bastien Bergeret. L'hôtel connut quelques résidents célèbres ; le pianiste américain Louis Moreau Gottschalk, précurseur du ragtime, y donna en 1851 un concert privé pour une centaine de privilégiés, dont Hector Berlioz et Théophile Gautier ; l'actrice Veronica Lake y séjourna en mars 1947 à l'occasion d'un tournage à Paris. L'hôtel appartenait aujourd'hui à M. Christian Grimault, président du groupe Grimault Technologies, détenteur du brevet exclusif d'un *ordonnanceur à canal prédictif*, principal composant des microprocesseurs qui, dans les années 80, avaient révolutionné l'informatique domestique. Sans famille, sans attaches, Christian Grimault aimait dire aux femmes de passage dans l'hôtel de Beynel qu'il y vivait seul.

Il oubliait de préciser qu'un secrétaire particulier, une femme de chambre et une cuisinière y demeuraient à l'année. *Monsieur Christian*, ainsi dénommé par chacun d'eux, les voyait comme des outils performants, affûtés par de longues années de pratique, polis par l'usage. Maxime, le secrétaire aux allures de majordome, organisait ses journées, réparait ses oublis, le débarrassait des fâcheux avec une patience dont il n'était plus capable. Chrystelle, la cuisinière, devançait ses envies, le surprenait souvent, réussissant même à recréer les saveurs de son enfance. Marika, femme de chambre et bricoleuse de talent, savait rendre à chaque salon son cachet d'origine. Une veille de jour de l'An, il les avait invités tous trois dans un grand restaurant afin de leur rendre hommage.

— Les violons et les serpes sont les plus beaux objets du monde parce que leur forme n'a cessé d'évoluer avant d'atteindre celle qui répondait le mieux aux exigences de leur fonction.

Devant le regard circonspect de ses convives, il avait ajouté :

— Vous êtes mes Stradivarius.

Hormis ses conquêtes, qui avaient le droit de souper dans le « salon des Italiens », Christian Grimault recevait peu. Il s'y voyait parfois contraint quand un ministre ou un magnat de la finance se montrait curieux de l'hôtel de Beynel, si discret dans les guides. Cependant, pour la première fois depuis un siècle, on allait y donner une fête éblouissante, digne du lustre d'antan : Christian Grimault allait avoir cinquante ans.

Au jour dit, Maxime se leva à cinq heures pour pointer une dernière fois la liste des prestataires et fournisseurs qui allaient se succéder tout au long de la journée. Arrivés les premiers, les décorateurs tendirent des draperies gris perle sur les murs de la salle du péristyle qui allait accueillir les invités, dans la salle carrée où seraient dressés les buffets, et dans divers salons destinés chacun à un usage précis. Peu avant quatorze heures, Chrystelle ouvrit ses cuisines aux traiteurs qui investirent les moindres recoins, organisés, silencieux, prêts à honorer une commande tout spécialement élaborée par un chef étoilé. À dix-sept heures, le préposé au fumoir, venu de Suisse, installa sa cave à cigares pleine de divers modules de havanes. Le fleuriste et son commis suivirent de peu, disposant sur les buffets des compositions d'amaryllis à peine écloses, sur les tables des bouquets d'œillets blancs et, au gré des salons, de hauts vases Baccarat d'où surgissaient des arums. Enfin, à dix-huit heures sonnantes, pénétra dans la cour d'honneur un individu portant une sacoche en toile forte et un costume suspendu à un cintre, protégé dans sa housse. Maxime le conduisit directement dans le bureau du maître des lieux, comme celui-ci l'avait exigé. De tous ceux qui allaient jouer un rôle lors de cette soirée de prestige, le seul avec lequel Christian Grimault voulait s'entretenir personnellement était *l'aboyeur.*

— Vous m'avez été recommandé par Elizabeth Weiss, à Saint-Rémy-de-Provence. Le nom vous dit quelque chose ?

— Les noms, c'est mon métier, monsieur. À cette soirée étaient présents le comte de Marmande, le vice-président du groupe H.A.G., M. et Mme Ruault — les imprimeurs. Deux cent cinquante invités prévus, mais près de trois cents au final. Mme Weiss avait l'air satisfaite.

— Ce soir nous serons cinquante, pas un de moins, pas un de plus. Je veux que chacun d'eux ait l'impression d'être reçu comme un prince. Pour la plupart, ce sera sans doute la seule occasion de leur vie de se voir annoncer par un véritable aboyeur. Je ne quitterai pas ce bureau tant qu'ils ne seront pas tous présents, mais je veux pouvoir entendre chaque nom d'ici, à mesure qu'ils arrivent. J'imagine que vous avez une voix qui porte.

L'homme évalua la distance.

— Ça ne devrait pas poser de problème, monsieur.

— Auriez-vous l'obligeance de passer votre costume ? Vous avez un dressing derrière cette porte.

L'aboyeur réapparut portant les signes distinctifs qu'exigeait sa fonction : une queue-de-pie noire dont les revers étaient reliés par une chaîne en argent, des gants blancs, une médaille épinglée au gilet, une baguette à pommeau d'ivoire. Il pouvait désormais recevoir le visiteur et clamer son nom dans l'assistance. Pendant le court instant que durait l'annonce retentissante de son arrivée, l'invité, tout à coup tiré de son anonymat, se sentait reconnu, honoré, c'était là sa minute de gloire — sans doute aurait-il fait un roi de France tout à fait acceptable. L'aboyeur avait ce talent de faire d'un inconnu un être d'exception : on lui soufflait timidement un nom à l'oreille, et de sa voix de stentor il le restituait avec autorité. Le manant passait pour un souverain, le roturier pour un aristocrate, le quidam pour un notable. Le nom le plus banal, le plus commun, le plus familier, se voyait doté d'une particule invisible et d'un quartier de noblesse imaginaire.

Christian Grimault lui demanda de tourner sur lui-même, puis de prendre la pose, la baguette plantée au sol. L'aboyeur se prêta à l'examen sans perdre sa dignité naturelle.

— Les premiers invités arriveront à vingt heures. Si l'on compte quelques retardataires, votre service se terminera vers vingt-trois heures. Vous serez payé jusqu'à minuit, adressez-vous à mon secrétaire. Une précision : j'imagine que l'on n'écrit pas « aboyeur » sur vos notes d'honoraires. Y a-t-il une désignation plus officielle à votre job ?

— Mettez « huissier de cérémonie ».

— Bien. Avez-vous des questions ?

— J'ai besoin de savoir si sont prévus des invités pour lesquels il faut impérativement annoncer le titre, la qualité, le rang social. Hauts dignitaires, présidents, princes de sang, académiciens, ecclésiastiques ?

— Rien de tout cela.

— Par ailleurs, avez-vous des invités dont le nom présente une difficulté de prononciation ? Je n'aime pas faire répéter pour éviter de froisser.

— Tenez, voici la liste. Vous y trouverez notamment le nom d'un ami gallois qui s'écrit Llewellyn mais se prononce *Lou-elen*.

L'aboyeur murmura le nom deux ou trois fois, puis passa en revue la liste avant de la reposer sur le bureau.

— Sauf imprévu, nous ne nous recroiserons pas, conclut Christian Grimault. Je vous souhaite bon courage.

— Et moi un bon anniversaire.

L'homme quitta la pièce, rassuré sur l'organisation quasi militaire de la soirée : horaires cadrés, prestation définie — il serait rentré avant une heure du matin avec 800 euros net. Encore deux soirées à ce tarif dans le mois et les enfants seraient nourris, les factures payées, la toiture en partie réparée. Il se hasarda dans les salles du rez-de-chaussée, contourna les buffets qu'on garnissait, puis regagna la salle du péristyle où il allait officier. Dans la cour d'honneur, quatre individus encore habillés en civil posaient les étuis de leurs instruments à même le sol ; deux violons, un alto, un violoncelle. L'aboyeur rendit grâce à son employeur d'avoir choisi, pour accueillir ses invités, un quatuor à cordes. Deux semaines plus tôt, au château de Chenonceau, il avait dû subir un groupe de mariachis s'évertuant à passer pour de vrais Mexicains — les deux mêmes morceaux en boucle jusqu'à la tombée de la nuit.

*

À 21 h 30, Christian Grimault, seul dans son bureau, face à un miroir en pied, avait revêtu son smoking blanc, taillé à Savile Row, Londres. Il lui restait à opérer un choix apparemment superficiel mais qui en disait long sur la façon dont il voulait être perçu par ses invités : fallait-il nouer, ou non, sa cravate ? Il hésitait entre l'élégance classique de celui qui sait encore faire un vrai papillon sur un col cassé, et l'élégance désinvolte de celui qui s'est affranchi des codes. Au loin, entre les délicats accords d'un quatuor de Mozart, il devinait le faible brouhaha des conversations, le tintement des verres, parfois un rire qui fusait, le bruit de la bonne société, feutré, délicat, finement narquois. En revanche — et c'était la première contrariété de la soirée — pas une seule fois la voix de l'aboyeur n'était parvenue jusqu'à lui. Il avait pourtant insisté sur ce point! Il avait exigé d'entendre le nom de ses convives par ordre d'arrivée, comme s'ils répondaient à l'appel! Christian n'aurait pu s'empêcher de les compter, il les aurait imaginés, les cinquante au complet, impatients : *Où est-il, que fait-il donc?* Il aurait été au centre de toutes les conversations, il aurait retardé son apparition jusqu'à ce qu'on doute de sa présence dans les murs. Ah, n'être qu'une rumeur dans sa propre maison, qui pouvait s'offrir pareil caprice? Et cette aimable sensation allait être gâchée par l'incurie de ce soi-disant professionnel, incapable d'emphase! Du reste, lors de leur courte entrevue, à la question : *J'imagine que vous avez une voix qui porte*, il avait répondu avec son timbre de fausset : *Ça ne devrait pas poser de problème, monsieur*, sans la moindre conviction, sans aucune envergure! Comme s'il suffisait de porter cette chaîne d'huissier pour se prétendre *aboyeur*. Au lieu de faire vibrer l'hôtel de Beynel tout entier, le misérable s'était contenté de grogner, comme un vieillard cacochyme réclame sa soupe. Christian sonna son secrétaire à l'office.

— Cette Elizabeth Weiss va m'entendre. Elle m'a recommandé un tocard! Pas un seul nom, Maxime, pas un seul n'est parvenu jusqu'à moi! J'imagine que les invités s'impatientent. Vous avez repéré ceux qui manquent?

— ...

— ... Maxime?

— L'huissier de cérémonie n'y est pour rien, monsieur.

— ...?

— Personne n'est venu.

— ...?

— Disons que personne n'est encore arrivé.

— Quand vous dites « personne »...

— Personne. Absolument personne.

— Arrêtez de me faire marcher, Maxime.

Et Maxime se mura dans le silence du coupable. Cette fête, ils l'avaient élaborée à deux depuis de longs mois, et si une catastrophe se produisait maintenant, ils en étaient responsables autant l'un que l'autre.

— Mais pourtant je les entends ! Les rires, les verres qu'on trinque, les conversations feutrées ! Écoutez vous-même !

Mais, à part Mozart, Christian n'entendait soudain plus rien de ce qui, une minute plus tôt, sonnait à ses oreilles comme le délicieux écho de sa réussite. Il se précipita, le nœud papillon défait, entre les tables et les buffets où des serveurs en livrée patientaient les bras croisés, puis surgit dans la salle du péristyle, entièrement déserte, hormis la présence de l'aboyeur, toujours hiératique malgré l'absence d'auditoire. Dans la cour d'honneur, un tapis rouge impeccablement lisse n'avait pas été foulé. Le quatuor à cordes, en redingote et perruque poudrée, attaquait un *andante* sans aucun public.

— Je crois deviner, dit l'hôte à son aboyeur.

Mes amis se sont passé le mot pour me faire une surprise. Tous se sont cachés dans un salon où ils m'attendent avec une banderole du type « bon anniversaire ». Des gens d'excellente éducation, que je pensais incapables d'une farce aussi vulgaire.

Ne pouvant confirmer cette hypothèse, l'aboyeur se précipita dans une salle adjacente pour pouvoir offrir une chaise à Christian Grimault, effondré, vidé de ses forces, envahi par un sentiment inconnu jusqu'alors : l'abandon.

— ... Auriez-vous l'obligeance de remonter dans mon bureau pour me chercher cette putain de liste des invités ?

*

En haut de l'escalier qui dominait la cour d'honneur, Christian Grimault, à près de vingt-deux heures, gardait l'espoir d'un retournement. Maxime avançait les hypothèses les plus absurdes pour expliquer cette spectaculaire désaffection, l'aggravant plus encore. Connaissant son goût pour le mélodrame, son patron le pria de rejoindre l'office où il serait bien plus utile. Pour tenter de comprendre ce qui se jouait dans sa demeure, il préférait avoir pour seul témoin un parfait étranger qui, de par sa fonction, avait connu les cas de figure les plus déconcertants en matière de mondanités. À eux deux, peut-être arriveraient-ils à trouver une explication rationnelle à ce mystérieux précédent. L'aboyeur se retrouva seul face à un homme humilié, désorienté, ayant perdu toute sa superbe depuis leur premier entretien.

— J'ai beau m'arrêter sur chacun des noms figurant sur cette liste, ils font tous partie de mon premier cercle. Et, outre celle de me fêter, tous avaient une bonne raison d'être présents ce soir. Tenez, par exemple... Julius Bronkaerts et sa femme. Ils ne peuvent pas ne pas venir ! Julius est un de mes associés, jamais il ne rate une occasion de se renseigner sur l'état de mes finances, d'interpréter mes signes extérieurs de richesse. Quoi de mieux que cette soirée pour en avoir le cœur net ? Dans un premier temps, ils vont s'émerveiller de ce mystérieux hôtel de Beynel, du luxe que j'y déploie, ils vont compter les bouchons de carafe et repérer les grossiums, les argentiers qui ont fait le déplacement. Puis le soupçon va gagner... Moi qui n'invite jamais, pourquoi m'a-t-il pris l'envie subite d'éblouir ? Cette soudaine et luxueuse hospitalité ne cache-t-elle pas quelque chose ? Dans le monde des affaires, celui qui insiste pour envoyer un message de bonne santé est en général à l'agonie. La banqueroute me guetterait-elle ? M. et Mme Bronkaerts viendront ce soir pour en avoir la preuve.

Christian Grimault jeta un œil vers le portail désespérément fermé. Le quatuor entamait un *adagio* léger, facétieux, en inadéquation parfaite avec la gravité de l'instant.

— Gaspard Froment, mon ami de toujours, mon

vieux Gaspard ! Comment pourrait-il ne pas venir ?
Au lycée déjà nous étions inséparables ! C'est le fidèle parmi les fidèles. Mon canal historique à lui
tout seul. Quand il m'arrive d'oublier une anecdote
sur ma propre enfance, c'est lui que j'appelle. Si
quelqu'un devait un jour raconter l'histoire de ma
vie, ce serait lui, comme je saurais raconter la
sienne. Pas le moindre contentieux entre nous, pas
de cadavre dans le placard, pas de vieille rancune.
Après tout ce temps, il nous arrive de nous en étonner. Parfois, sous couvert de notre amitié de quarante ans, il s'autorise à aller un peu loin... Vous
savez, le fameux devoir d'ingérence des amis de
toujours. Il a le droit, selon lui, de me dire *la vérité.*
Et il s'en targue auprès de ceux qui n'ont pas cette
légitimité. *Moi, Gaspard, je peux dire à Christian
qu'il s'endurcit, qu'il sort avec une morue, qu'il ne
devrait pas se comporter ainsi avec x ou y.* Partisan
du « qui aime bien châtie bien », il s'autorise à me
reprendre sur presque tout. À croire que je ne l'aime
pas si bien que ça puisque je ne lui fais jamais de
reproches ! En règle générale, il se réjouit de mon
succès. Il m'envie sans me jalouser. Il connaît
mieux que moi le détail de mon train de vie. *C'est
nouveau ta Porsche Carrera... Tu vas la mettre
où ? La seconde place du garage est prise par la
Maserati. Et pourquoi l'as-tu prise rouge ? Rouge
c'est pour les Ferrari, gris pour les Porsche !* Sou-
ligner mes fautes de goût l'amuse. Il n'aime rien
tant que me faire passer pour un nouveau riche.

Parfois il crie haut et fort qu'il *ne peut pas se permettre* de s'offrir ceci ou cela pour me renvoyer dans mes cordes dorées de millionnaire. Mon ami Gaspard aime mesurer le chemin parcouru, mais parfois il le fait avec des outils de haute précision, un pied à coulisse, un rapporteur, une loupe. Il y a dix ans de cela, je l'ai invité trois jours à Vienne, dans le plus luxueux hôtel, l'Imperial. Nous y avons passé trois jours exceptionnels. J'ai voulu renouveler l'expérience, mais cette fois j'ai réservé au Sacher, l'autre grand hôtel de Vienne, un lieu chargé d'histoire, de tradition. Certes un peu moins luxueux que le précédent, un peu moins ostentatoire, mais au cachet authentique. Gaspard a passé trois jours à se plaindre. Tout était moins bien qu'à l'Imperial, le spa moins grand, le room service trop lent, le dry Martini trop mouillé. Par ma faute, il s'est senti rétrogradé. Comment ce soir pourrait-il ne pas venir pour une revue de détail ? Remarquer que le foie gras ne vient pas de chez Plantain, que j'aime m'entourer de courtisans, que mon nouveau vase daté de l'époque Song est « tardif » ? Croyez-moi, il sera des nôtres.

Pour l'aboyeur, c'était le monde à l'envers. D'habitude chargé de noter les présents, on le conviait pour la toute première fois à pointer les absents. Certes on ne se confiait jamais mieux qu'à un inconnu, et en acceptant ce rôle, il justifiait son salaire.

— Martin et Delphine de Vizieux ! Ces deux-là

non plus ne peuvent pas ne pas venir ! Ce sont des parasites mondains, cotés en bourse, cousus d'or, mais des parasites pourtant, insoupçonnables. Tous deux souffrent d'un mal étrange qui leur fait perdre toute dignité : ils ont la passion du gratuit. C'est une obsession contre laquelle ils ne peuvent rien, les malheureux. Face au gratuit, ils perdent toute éducation, tout sens du ridicule, tout contact avec le réel : ils sont pris de fièvre. Quand ils s'attaquent à un buffet, ils ne le lâchent plus, ils se renseignent sur l'état des stocks. *Il reste du thon rouge ! Le sucré arrive dans dix minutes !* Ils engouffrent sans faim, éclusent sans soif, et je suis bien certain que Delphine n'aime pas le champagne. Ils font la queue des heures, une assiette à la main, comme s'il s'agissait de rations de guerre. Car c'est bien une bataille qu'ils vont devoir livrer, et forcément perdre : les ennemis sont si nombreux. Après leur pillage ne restent que décombres. *Un champ couvert de morts sur qui tombait la nuit* dirait Victor Hugo. Ils viendront.

Maxime vint interrompre son patron : fallait-il remettre au frais les entrées ou réchauffer les viandes ? Christian exigea qu'on lui foute la paix.

— Et Anita Royer ? Je me demande pourquoi elle n'est pas encore là, celle-ci ! Anita Royer, ce nom vous dit quelque chose, non ?

— C'est une comédienne ? Qui connaît quelques beaux succès au théâtre comme au cinéma ?

— Elle-même. Très belle, talentueuse, célibataire. Nous nous sommes rencontrés il y a trois mois lors d'une avant-première. Au dîner qui suivait la projection, nous nous sommes amusés à échanger les cartons de table afin de nous retrouver côte à côte. Ce fut un moment charmant, j'ai joué l'admirateur, curieux des anecdotes que les gens de cinéma aiment tant raconter. Nous nous sommes revus pour souper en tête à tête après sa sortie de scène d'un grand théâtre parisien. Compte tenu de sa notoriété, il nous a fallu trouver un endroit discret. Je la revois, drapée dans son étole, préservée des regards. Nous parlions à voix basse, clandestins. J'ai bien senti qu'entre-temps elle s'était renseignée sur Grimault Technologies. Elle avait beau jouer la fille perdue dans ce monde compliqué de l'électronique, ses questions étaient loin d'être innocentes. *Ah vous possédez un jet?* Pas à titre privé, il appartient à la compagnie, mais je m'arrange pour prolonger mes déplacements professionnels de quelques week-ends opportuns. *J'ai entendu dire que vous viviez dans un très bel endroit, rue du Dragon?* Je l'invite alors à visiter l'hôtel de Beynel à l'occasion de mon cinquantième anniversaire, elle accepte avec enthousiasme. Et vous savez pourquoi? Parce qu'elle est curieuse de l'architecture parisienne du XVIIe? Non, elle viendra parce qu'on ne lui propose plus les mêmes rôles qu'avant. Il y a encore dix ans, c'était la sauvageonne que l'on finit par dompter à force de patience et d'amour. Aujourd'hui, elle reçoit des scripts où elle n'apparaît qu'à la page 30 dans le rôle de la meilleure amie qui, si l'on n'y prend pas garde, peut devenir une rivale. La cote d'alerte a été atteinte quand on a pensé à elle pour le rôle de la mère d'une sauvageonne que l'on finit par dompter à force de patience et d'amour. Ce jour-là elle a eu besoin de faire un point sur sa carrière, de songer à sa vie de femme. Tout à coup, elle en a eu assez des liaisons avec des acteurs, des metteurs en scène, des auteurs, tous dotés d'un ego surdimensionné. Elle s'est dit qu'une relation stable avec un homme travaillant dans un domaine non artistique mais néanmoins créatif, un homme rassurant, présentable en société, un célibataire couru, qui fait parfois la une des revues scientifiques, un capitaine d'industrie qui aurait son hôtel particulier rue du Dragon, qui disposerait d'un jet privé, cet homme-là était peut-être celui sur lequel s'appuyer, et pourquoi pas, faire une fin. Elle viendra ce soir, c'est l'occasion rêvée pour une expertise plus approfondie.

Il se tut un instant, quand soudain une fresque de lumière vint balayer la façade de l'hôtel — Grimault avait demandé au technicien de mettre en marche le dispositif à la nuit tombante. Tout à sa consternation, les yeux rivés sur sa liste, il ne remarqua pas le carrousel de couleurs qui dansait autour d'eux.

— ... Jean-Claude Munck et sa femme Sylvie ! Ils viendront aussi, et pourtant ils auraient adoré refuser ! C'est même un but en soi : refuser donne un sens à leur vie. Pour eux, l'essentiel était de recevoir l'invitation, assister à la soirée n'est plus qu'une corvée. Je vous décris le processus : ils apprennent par la bande que je donne une fête à l'hôtel de Beynel, et dès lors une angoisse les tenaille : vont-ils faire partie de mon petit cercle de privilégiés ? Chaque soir ils évoquent la question : *Rien dans la boîte ? Pas de mail au bureau ? Même pas un petit message ?* Bientôt, le doute s'instaure. Jean-Claude passe en revue toutes les raisons légitimes de se voir invité et parvient à la conclusion que si le mot « ami » veut dire quelque chose, ce quelque chose nous lie. Ils apprennent que les Untel et les Untel font partie, eux, des heureux élus. S'ensuit une nuit d'insomnie où Jean-Claude et Sylvie se voient désormais rejetés par le réseau qui gravite autour de moi, ils évaluent les risques de se voir exclus de tel ou tel cercle, privés de tel ou tel contact. Ils dégringolent tout à coup de l'échelle sociale, c'est le déclassement, la disgrâce. Mon Dieu, quelle faute ont-ils bien pu commettre ? Au matin : miracle ! Le bristol est dans la boîte ! Rassurés, les Munck ! Ils en sont ! Mais le jour J, à l'heure où ils devraient passer leur tenue de soirée, ils traînent les pieds, ils soupirent : les réjouissances programmées, ça n'est pas leur truc. Ils seraient bien mieux à la maison devant un bon film au lieu de faire des simagrées au milieu de nantis. *Et si on n'y allait pas ?* Ils discutent âprement le pour et le contre. Jean-Claude fait l'inventaire de ce qui nous lie et parvient à la conclusion que, après tout, nous ne nous connaissons pas si bien que ça. Peut-il, à proprement parler, me considérer comme un « ami »? Un ami, c'est bien autre chose, non? Toutefois, en se défilant, ils prendraient le risque de se voir rayés des listes, et ça, plutôt mourir. Un jour, peut-être, si la roue tourne dans le bon sens, ils pourront enfin s'offrir le luxe de dédaigner, mépriser, rejeter, snober, fuir. Mais d'ici là, ils vont surmonter cette énième épreuve. Vers une heure du matin, Sylvie va piquer du nez dans un canapé pendant que Jean-Claude reprendra un armagnac de trente ans d'âge.

Le confident malgré lui se souvint que les tout premiers aboyeurs étaient chargés d'annoncer les visiteurs dans la chambre du roi. Quoi de plus tragique qu'un roi en mal de compagnie?

— Celui-là ne peut pas ne pas venir : quel frère raterait l'anniversaire de son aîné? Je crois n'avoir oublié aucun des siens, quel que soit son âge, où que je me trouve sur la planète. En mars dernier j'avais beau être en Californie pour signer un contrat, j'ai réussi à lui faire parvenir, le jour dit, une paire de bottes en cuir de buffle dont il rêvait adolescent devant un poster de Bruce Springsteen. Alain et moi sommes nés à Paris mais tous nos souvenirs d'enfance sont liés à notre maison de vacances près d'Étretat. La mer, les falaises, les mystères de l'Aiguille creuse. J'étais l'amiral, il était le mousse. J'étais d'Artagnan, il était les trois autres. Peu après avoir fondé ma première société, j'ai proposé à Alain de venir travailler avec moi, mais il a préféré s'exiler en Asie du Sud-Est pour fuir mon ombre tutélaire qu'il trouvait trop présente. Bien des années plus tard, nous sommes revenus sur cette période et nous avons vidé tous les abcès. Nous nous entendons à nouveau comme deux frères. Certes nous connaissons les étapes que toute fratrie doit surmonter, souvent dans la douleur. Depuis le décès de notre père, maman s'est installée dans la maison d'Étretat, que j'ai dû entièrement médicaliser, avec infirmière à demeure, une vraie petite clinique. Le jour où elle nous quittera, nous aurons à affronter lui et moi une ultime épreuve : nous partager un héritage qui comprend la maison, la Triumph de papa, et un peu de bimbeloterie dans la boîte à bijoux de maman. Le tout a une valeur marchande dérisoire, à tel point que, si j'héritais de l'ensemble, je ne le verrais même pas apparaître sur mon compte en banque. En revanche, cela consoliderait le patrimoine de mon frère de façon notable. Ayant toujours trouvé sordides les affaires de succession qui déchirent les familles, je lui aurais volontiers laissé le tout s'il n'avait pas eu la maladresse d'évoquer les raisons, légitimes selon lui, que j'avais de... lui laisser le tout. Il considère que je n'ai aucun besoin d'une maison en Normandie puisque j'en ai déjà trois, dont l'hôtel de Beynel. Que les bijoux de notre mère ne me serviraient à rien puisque je n'ai pas d'enfant et que lui a deux filles. Que je n'ai rien à faire d'une moto puisque je raffole de voitures de sport. Et il a eu le malheur d'ajouter que ces biens *n'avaient qu'une valeur sentimentale.* Parce que, cela va sans dire, seul Alain peut attacher de l'importance à la valeur sentimentale des choses, car Christian, l'homme d'affaires qui a réussi, ne se soucie que de leur valeur marchande. Comme si je n'avais pas fait mes tout premiers pas sur le tapis du salon de cette maison-là, comme si notre père ne m'avait pas fait faire le tour du pays sur cette moto-là, comme si je ne figurais pas sur la photo de ses enfants dans le médaillon de ma mère. Si mon idiot de frère s'était tu, je lui aurais laissé le sentimental comme le marchand, mais depuis qu'il voit en moi le requin qui en veut toujours plus, nous procéderons devant le notaire comme notre mère l'aura souhaité. Et vous savez pourquoi il viendra ce soir ? Pour me prouver que *lui* sait faire passer le sentimental avant tout.

Un flot impossible à endiguer. Une catharsis. Christian Grimault refusait l'inacceptable. Et devant témoin.

— Je retourne cette liste dans tous les sens et n'y trouve que des personnages indispensables. Ceux qui ont résisté au temps. Ce Bertrand Lelièvre et sa femme Marina ne peuvent pas ne pas venir, ils me doivent tout ! Il y a quinze ans, Bertrand a cherché à me rencontrer parce qu'il m'« admirait » disait-il. Il a voulu à tout prix entrer à mon service et il y est parvenu. Il venait travailler à la boîte comme on va à l'université : pour les autres c'était un job, pour lui une formation. Lors d'un briefing avec des partenaires italiens, il tombe en pâmoison devant une jeune stagiaire de Milan. Il en perd le boire et le manger, il me confie son trouble. Ému par tant de passion, je me débrouille pour proposer à Marina un poste à Paris, qu'elle accepte sur-le-champ, et je l'installe dans un box situé en face du bureau de Bertrand... Ils ont eu deux enfants, dont l'aîné s'appelle Christian. Quand plus rien de mon management ne leur a été étranger, ils ont voulu fonder leur propre société, et loin de me sentir trahi je leur ai souhaité bonne chance. Au passage ils emportaient un bon carnet d'adresses et quelques-uns de mes clients. Ils ont connu un certain succès mais ils ont vu grand, sans doute trop vite. Ils ont placé leur société en bourse mais en moins de deux ans l'action a perdu la moitié de sa valeur. Dépôt de bilan six mois plus tard. Et vous savez ce que j'ai fait, au lieu de me réjouir de la ruine d'un concurrent ? Je les ai repris à mon service. Ces deux-là me doivent à la fois leur bonheur et leur salaire, et ils pourraient ne pas venir à mon anniversaire ? Certes des esprits malveillants pourraient penser que je les invite pour leur montrer ma suprématie, mon invulnérabilité, leur dire que, s'ils s'y étaient pris autrement, ils seraient peut-être aujourd'hui les heureux propriétaires de l'hôtel de Beynel. Ce serait me prêter beaucoup de sournoiserie...

Maxime osa réapparaître pour annoncer que le cuisinier avait rafraîchi les entrées et qu'il attendait un signal avant de *lancer les homards*. De guerre lasse, Grimault l'autorisa à procéder comme il l'entendait pourvu qu'il s'éloigne.

— Quant à cette Jeanne Vandelle, mariée à Mathieu Vandelle, elle viendra. Et vous savez pourquoi ? Parce que c'est mon ex-femme. Nous nous sommes mariés à l'âge où l'on s'imagine que l'alter ego existe. Neuf ans durant, elle a été une Mme Jeanne Grimault parfaite, racée, brillante, consciente de son rôle chaque fois qu'elle apparaissait à mon bras. Je ne l'ai jamais trompée et, je crois, elle non plus. Quand nous nous sommes sentis tous deux en bout de course, nous nous sommes séparés d'un commun accord sans le plus petit sentiment d'échec. J'étais présent à son remariage avec Mathieu Vandelle, le patron de presse. Jeanne a eu les deux enfants que nous n'avions pas réussi à avoir ensemble. Ce soir, elle viendra, et vous savez pourquoi ? Parce qu'ici, dans un petit cabinet privé, est entreposée une statue d'elle en pied, telle qu'elle était à trente ans. Je l'avais commandée à un sculpteur américain aujourd'hui disparu. J'avais choisi une pose très chaste, on la voit debout, les bras croisés sur sa poitrine, retenant une bretelle de sa robe qui tombe sur son épaule. C'est une œuvre splendide dont Jeanne et moi étions très fiers. Aujourd'hui, quand je veux me replonger dans ces années-là, il me suffit de me retirer dans ce petit cabinet et de passer un moment en compagnie de cette sculpture, bien plus évocatrice que n'importe quel album photo, n'importe quel film. Il se trouve que Jeanne veut désormais la récupérer au nom du « droit moral ». Elle me soutient que cette pièce lui appartient autant qu'à moi puisqu'elle représente son corps. Quand je lui rétorque que j'ai commandité l'œuvre, elle ne veut rien entendre. Ajouté au fait que l'artiste est devenu très célèbre depuis, et que le musée de Boston, dont il était originaire, veut l'exposer dans sa collection permanente. Ils m'ont fait une très belle offre de rachat. Cette idée rend Jeanne malade et son mari plus encore. Lui aussi m'a fait une très belle offre. Il trouve légitime de posséder l'effigie de sa femme au lieu de l'exposer à des milliers d'inconnus. Au jour d'aujourd'hui, j'hésite. Dois-je la garder comme le dernier vestige de notre amour ? Dois-je la céder au musée pour faire de Jeanne une véritable œuvre d'art et ravir des générations de visiteurs à venir ? Où dois-je la rendre à son modèle, en la vendant à Mathieu Vandelle, qui la mettra sous clé ? Ce soir, ils viendront tous deux pour constater que je tiens la sculpture à l'abri des regards, et pour me faire une nouvelle offre. Voilà pourquoi Jeanne sera présente. Et non en souvenir des années passées.

La cour d'honneur était maintenant éclairée par des photophores qui bordaient le tapis rouge. Gagné par le découragement, Christian Grimault se retint de déchirer sa liste et de mettre tout le monde dehors.

— M. et Mme Dos Santos viendront. Pour eux c'est une question de survie. Je leur ai lancé cette invitation comme on lance une bouée de sauvetage. Les Dos Santos ne sont plus rien mais ils ont été. Des mécènes. Des seigneurs. Un couple mythique. Ils ont reçu à leur table les plus grands artistes, les plus grands intellectuels de la fin du XXe siècle. Ils ont vécu leur âge d'or dans leurs nombreuses résidences de par le monde. Jadis, ils ont même connu les anciens propriétaires de l'hôtel de Beynel et les fêtes qu'ils y ont données. Aujourd'hui, ils ont brûlé tous leurs vaisseaux, épuisé toutes leurs ressources. À soixante-quinze ans, Marie-Paule Dos Santos a empoigné pour la première fois une poêle à frire. Germain Dos Santos revend sur eBay sa bibliothèque, dont la plupart des ouvrages sont dédicacés : Picasso, Michel Foucault, Susan Sontag. Aujourd'hui, plus personne ne les connaît ni ne les reconnaît. *Les Dos Santos ? Ils sont encore vivants ?* Pour moi, ils le sont toujours. Je les ai justement invités pour qu'ils retrouvent, l'espace d'un soir, la place qui était la leur. Ils viendront. Vous savez pourquoi ? Par nostalgie pour le faste d'antan ? Non, ils viendront pour se consoler à l'idée que ce monde perdu, ce monde de prestige et d'érudition, ce monde qu'ils ont contribué à faire vivre, ce monde-là est maintenant entre les mains des marchands, des incultes et des Christian Grimault. Voir un type comme moi vivre dans l'hôtel de Beynel, c'est comme une chevalière en toc dans un écrin de soie. Ils viendront pour se persuader de n'avoir rien à regretter. La bonne société se retrouve autour

d'un marchand de technologie ? Après les seigneurs, voici venu le temps des arrivistes. Ce triste
constat rendra leurs vieux jours moins amers.

Sentant poindre la délivrance, l'aboyeur quitta sa
chaise un instant trop tôt.

— Et celui-ci ? S'il y en avait un seul à sauver
ce serait lui, Étienne Wilmot, mon Étienne... L'ami
que l'on voit peu mais qui reste si proche. Il fait
mentir le proverbe qui dit *loin des yeux loin du
cœur*. Si je devais appeler quelqu'un à l'aide à deux
heures du matin, ce serait lui. Comment pourrait-il
rater ce soir un rendez-vous si important à mes
yeux ?

— Et pourtant, il ne viendra pas, dit l'aboyeur,
qui intervenait pour la toute première fois.

— ... Comment pouvez-vous affirmer une chose
pareille, monsieur l'huissier de cérémonie ?

— Parce qu'il est mort.

— ... ?

— J'ai été embauché à l'occasion d'un vernissage privé, à Saint-Paul-de-Vence. M. Étienne Wilmot figurait sur la liste des invités mais un de ses
proches a appelé pour annoncer qu'il venait de suc-
comber à un cancer du pancréas. Je suis désolé de
vous l'apprendre dans ces circonstances, monsieur.

— ... Cela date de quand ?

— L'année dernière, début février.

Tout à coup, la sonate de Mozart prit des accents
hideux. Christian demanda aux interprètes de ces-

ser immédiatement. Un de ses amis était mort et on lui annonçait la nouvelle un an plus tard.

Il était temps de revoir quelques certitudes à la baisse.

*

À 23 h 15, dans la salle du péristyle toujours vide, l'aboyeur attendait qu'on lui donne congé. Il se souviendrait longtemps de cette étrange soirée où il n'avait annoncé personne mais où il avait assisté à un exploit : un homme seul en avait fait fuir cinquante. Malgré les moyens mis en œuvre — mets rares, grands crus classés, lumières savantes, Mozart, perruques, etc. —, tous ses amis avaient répondu absents à l'appel. Seul un individu hors du commun était capable de provoquer une des plus grandes débâcles de l'histoire de la fête. Dieu sait si dans sa carrière il avait assisté à des ratages en demi-teinte, des événements boudés, des cocktails ennuyeux, mais jamais, absolument jamais cette totale désertion qui semblait être le fruit d'un complot. Mais comment imaginer cinquante personnes se passer le mot, s'envoyer des messages, coordonner leurs efforts pour créer cette solidarité diabolique ? Et comment imaginer l'inverse ? Cinquante défections individuelles, non concertées ? Dans les deux cas, Christian Grimault avait suscité toute une palette de ressentiments allant de l'indifférence à la haine ; il pouvait se vanter de détenir la collection

complète. Contre toute attente, cette détestation généralisée inspirait la sympathie de l'aboyeur.

Les musiciens se reposaient, les instruments dans
leur étui, la perruque à la main, assis sur le banc de
pierre en bordure de la cour d'honneur. À Mozart
succédait le bruissement du vent dans les branches
du cèdre avec, au loin, les derniers échos de la ville.
Christian Grimault réapparut en bras de chemise,
manches relevées, une bouteille de vodka dans une
main et deux verres à shot dans l'autre. Les musiciens se reperruquèrent tout à coup, reprirent le
quatuor n° 14. Grimault s'assit en haut des marches,
face à la cour d'honneur.

— Venez vous asseoir à mes côtés, monsieur
l'huissier de cérémonie.

Et comme celui-ci hésitait, il ajouta :

— Je sais, il est tard. Je vous propose un dédom-
magement, disons 500 euros et un taxi de retour.

Malgré ses nombreux défauts, Christian Grimault
savait inspirer l'empathie de ceux qu'il employait. Il
versa la vodka dans les petits verres givrés.

— Je ne devrais pas, monsieur.

— Ne me laissez pas boire seul, allez. Qu'avez-
vous à craindre ? Écorcher un nom de famille ? Ils
ne viendront plus, considérez que vous n'êtes plus
en service. À moins que vous ne préfériez un autre
poison ? Allez voir du côté du bar, il y a quantité
d'eaux-de-vie, dont certaines mises en bouteille
sous Napoléon III.

— La vodka ira bien.

— Et débarrassez-vous de votre chaîne et de votre baguette d'huissier. J'ai l'impression d'être en cellule de dégrisement.

L'homme ôta sa veste en queue-de-pie, sa chaîne, sa médaille, puis les disposa avec soin sur le dossier d'un fauteuil. Un inconnu qui serait apparu à ce moment-là n'aurait su dire qui était l'hôte, qui était l'aboyeur.

Ils trinquèrent, silencieux, puis contemplèrent un instant la nuit étoilée. Mozart avait retrouvé sa joyeuse solennité.

— Savez-vous pourquoi j'ai voulu fêter mes cinquante ans ?

— Parce que c'est un âge symbolique dans la vie d'un homme ?

— J'avais une raison bien plus profonde, bien plus personnelle. Une raison que j'ai voulu ignorer tant d'années durant mais, maintenant que j'ai fait le compte de mes amis, je suis bien forcé de me rendre à l'évidence : cette raison-là passait avant toutes les autres.

Bien moins acrimonieux, il venait d'admettre que son seul ennemi véritable était déjà dans la place.

— J'avais vingt-quatre ans. Grimault Technologies commençait à s'implanter en Europe et de grands pontes de Silicon Valley cherchaient à me rencontrer. La boîte comptait alors une trentaine d'employés dont une petite secrétaire au service facturation et recouvrement : Anna, vingt-deux ans, aucune formation particulière, aucune ambition professionnelle, le genre de salarié qui considère que sa vie s'exprime partout ailleurs que dans l'entreprise. Sa vie, c'était peindre, admirer la peinture des autres, courir le demi-fond, découvrir l'Afrique noire, se gaver de films italiens, qu'ils fussent sublimes ou complètement ineptes. Afin que cette vie-là soit possible, elle consentait à donner quarante heures de présence par semaine à Grimault Technologies, avec ponctualité et sérieux. En posant les yeux sur elle s'est imposée à moi une expression aujourd'hui vide de sens : Anna serait *la femme de ma vie*. L'unique, la dernière.

Pour l'aboyeur, l'expression n'était pas vide de sens.

— Aujourd'hui, j'ai une vision bien plus pragmatique des rapports de couple ! Je passe un contrat avec une femme, qui n'est ni celui du maire ni celui du prêtre, mais un contrat tacite qui comprend beaucoup d'alinéas, dont certains sont écrits en tout petits caractères. Selon moi, les couples qui durent sont ceux qui ont lu ce contrat avec précision — y compris les petits caractères ! —, qui le signent et qui s'y tiennent. Mais à l'époque j'avais encore tout à apprendre de la jurisprudence amoureuse. D'autant que notre histoire partait mal : j'étais le patron. J'avais beau être un jeune homme désinvolte en amour comme en affaires, je n'allais pas commettre l'erreur de coucher avec une secrétaire. Je me suis donc contenté de la voir passer dans le couloir, je l'ai ignorée dans l'ascenseur, j'ai rougi chaque fois qu'elle se penchait vers moi avec un parapheur. J'espérais m'affranchir avec le temps du besoin de la conquérir. Jusqu'au jour où, dans ce parapheur, j'ai trouvé sa lettre de démission. Avec, en nota bene : *Signez et vous pourrez m'inviter à dîner.*

— Ça ne manquait pas de panache.

— Nous avions désormais tout le temps de nous conquérir, et nous nous y sommes employés avec rage. Je l'ai présentée à ma famille, je l'emmenais partout, je tenais à ce qu'elle soit présente durant mes négociations importantes : je n'avais confiance qu'en elle. Anna aurait pu dresser le portrait de mes ambitions, de ma cruauté en affaires, de ma sévérité envers mon entourage. Au bout de trois ans, elle m'a fait ses adieux, je m'en souviens mot pour mot : *Tu vas devenir très puissant, très craint, tu ne pourras pas faire autrement, c'est inscrit en toi, tu es un prédateur. Ça n'est ni bien ni mal, c'est comme ça. Tu vas tout sacrifier à ton ambition, et les plus proches seront les plus touchés. Qui sait, à cinquante ans tu seras peut-être un type bien. Apaisé, réconcilié. J'envie déjà celle qui partagera ta vie. Mais d'ici là tu vas souffrir et faire souffrir. Je suis une fille simple, sereine. Ta guerre n'est pas la mienne. Je t'ai rencontré trop tôt, Christian Grimault. Et je penserai toujours à toi avec tendresse.*

L'aboyeur se demandait combien de fois, en vingt-cinq ans, il avait retourné ces phrases en tous sens sans pouvoir leur en donner un seul.

— À cinquante ans, tu seras peut-être un type bien, qui sait ? À cause de la prophétie d'Anna, j'ai lancé cette invitation. Il était temps de mesurer le chemin parcouru. De me faire une idée de celui que j'étais devenu. Ce soir, j'ai ma réponse.

*

Dans la salle carrée on regarnissait les buffets, froids, chauds, viandes, poissons, volailles, tous sans exception. Christian Grimault invita son aboyeur à se servir, comme un pied de nez aux absents : si cinquante personnes avaient boudé ses agapes, une seule en était digne.

— Le reste sera livré dès demain à des organisations caritatives. Mais ce soir nous allons faire honneur à ce buffet pour qu'il existe au moins dans notre souvenir.

Habitué au sandwich qu'on daignait lui préparer à l'office, avalé debout au milieu du va-et-vient des serveurs, l'aboyeur se sentit intimidé, l'assiette à la main, le ventre creux, devant la profusion, le raffinement. Grimault avait raison en prononçant le mot souvenir, car plus jamais l'occasion ne serait donnée à un pauvre huissier, fût-il de cérémonie, de goûter à tant d'excellence. Les saveurs seraient vite oubliées, seule l'histoire homérique de ce buffet resterait intacte dans sa mémoire. Il la raconterait longtemps.

En s'approchant de la table des dîneurs, le quatuor à cordes eut enfin le sentiment de jouer pour un public. Presque agacé, Grimault les vit tout à coup comme un orchestre de restaurant russe qui fait pleurer les violons en attendant le pourboire. Néanmoins, l'idée était à retenir.

— Ils commencent à nous soûler, les baroques, vous ne trouvez pas ?

Trop intrigué par le bleu du homard bleu, l'aboyeur ne l'écoutait pas.

— Messieurs, pourriez-vous nous jouer quelque chose d'un peu tzigane, qui irait avec la vodka ? C'est sûrement dans vos cordes, si je puis dire.

— ... Tzigane ?

— Le montant de vos prestations en serait majoré, cela va de soi.

Après concertation, les musiciens se sentirent capables de relever le défi pour peu qu'on les autorise à tomber redingote et perruque. Christian les remercia pour cet effort. Puis il invita son aboyeur à se rapprocher du buffet des pâtisseries, plus pour le plaisir des yeux que par réelle gourmandise.

— Je vous conseille ces macarons grisâtres, ils sont à la truffe blanche. J'imagine demain la tête du clochard qui, après en avoir avalé un ou deux, demandera : ils sont à quoi, ces trucs ?

L'aboyeur ne détestait rien tant que le cynisme, a fortiori celui des puissants, mais dans la bouche de Christian Grimault pareille remarque se voulait plutôt bienveillante. Là se situait le charme de sa conversation, cette faculté de faire passer une hor-

reur pour un compliment ou un compliment pour
une horreur. Il pria son secrétaire de faire disparaître les buffets au plus vite, de les emballer, de
s'en débarrasser aux premières lueurs du jour. Puis
il s'éclipsa dans le fumoir pour y choisir un havane.
L'aboyeur en profita pour appeler sa femme. Il allait rentrer tard mais avec une belle rallonge en
poche, *je t'expliquerai*, qu'elle ne s'inquiète de
rien, son client était un peu spécial mais pas question de le lâcher maintenant, *je t'expliquerai*, encore une heure, deux maximum, *je t'expliquerai*.

Puis il retrouva Christian Grimault le cigare à la
main, en haut des marches de la cour d'honneur.

— Votre femme doit se dire que vous êtes encore tombé sur des dingues.

— Elle préférait quand j'étais huissier au ministère, j'avais des horaires classiques.

— Au ministère ?

— Il y a longtemps j'étais chargé d'autoriser
l'accès d'un cabinet ministériel. J'aurais pu ouvrir
ou fermer cette satanée porte jusqu'à la retraite ! Je
suis allé tenter ma chance comme aboyeur pour ré-
ceptions privées. Je me suis fait faire une réplique
exacte de mon costume de l'époque pour garder ce
côté officiel. Ma médaille est une copie en toc de
celle que j'avais à l'époque, qui elle-même était
une copie de celles des aboyeurs à la cour du roi.
Aujourd'hui, nous devons être quatre ou cinq en
France à faire ce job. Quel que soit le luxe déployé,
les gens se souviennent d'une réception unique-

ment parce qu'un aboyeur était présent. Si vos invités étaient venus ce soir, la plupart d'entre eux auraient dit un jour : *C'est ce fameux soir où un type en queue-de-pie a crié notre nom.* Et non pas : *Rappelle-toi, c'était dans l'hôtel de Beynel !* À chaque rentrée scolaire, quand mon Damien qui a douze ans remplit sa fiche de renseignements, il écrit dans la rubrique « profession du père » : *chambellan*. C'est adorable, non ?

— J'imagine que même les aboyeurs ont un nom. Depuis le début de cette soirée maudite, je n'ai pas eu la courtoisie de demander le vôtre.

— Frédéric Perez. Tout le monde m'appelle Fred.

— Vous a-t-on jamais annoncé en public, monsieur Perez ?

— Oui, à Sainte-Maxime, sur la Côte. C'est là que je passe mes vacances, on s'y retrouve avec une bande d'amis, les mêmes depuis toujours. J'entre dans le bistrot de la place et j'entends les copains crier d'une même voix : *Frédo !* À cet instant-là, j'ai l'impression d'être quelqu'un.

Après avoir subi les anecdotes amères, les discours désenchantés de Christian Grimault, après avoir écouté sans broncher la liste de ses amitiés défuntes, Frédéric saisissait cette occasion de lui prouver que l'amitié, chaleureuse, dépourvue de tout calcul, existait bel et bien.

— Mes copains ne portent pas de noms, leurs prénoms suffisent. Ils ne sont pas cinquante, ni même dix, mais juste trois. Dans une vie d'homme, c'est beaucoup. Éric, c'est la mémoire, la constance. Il n'oublie aucun événement, aucun engagement, aucun serment, ni même les défis idiots qu'on se lance à l'adolescence et qu'on s'empresse d'oublier à l'âge adulte. Éric préférerait mourir que de ne pas honorer une promesse, un rendez-vous. À chaque date importante pour moi, que l'occasion soit grave ou joyeuse, il m'envoie un mot. C'est sa façon à lui d'être toujours à mes côtés. Mon ami Christophe, c'est le don de soi. Le premier à se porter volontaire pour un déménagement, refaire les peintures, raccompagner tout le monde, garder les gosses ou vous prêter la somme qui vous manque cruellement. C'est celui qui transforme les corvées en bons moments. Je sais qu'il dira oui, quoi que je lui demande. C'est sa façon à lui d'être toujours à mes côtés. Et il y a Stéphane, celui à qui confier l'inavouable. Ce que l'on préfère taire aux autres de peur de les alarmer. Il est le premier que j'appelle en cas de coup dur, parce qu'il est solide, recueilli, rassurant. C'est sa façon à lui d'être toujours à mes côtés. Alors si ce soir vous avez voulu prouver que l'humanité est infréquentable, certes cela avait de la gueule, mais pour moi la démonstration était vaine. Je n'ai aucun besoin de lancer des invitations piégées à mes amis, de les mettre à l'épreuve, je leur fais confiance.

Ainsi donc l'aboyeur savait aboyer, se dit Christian.

— La confiance, dites-vous? Sachez que dans un de ces salons j'ai accroché une huile sur toile de Canaletto de 18 cm sur 21, qui représente le campanile de San Pietro, estimée à 950 000 euros. Aucune surveillance ni système de protection. Je l'ai exposée pour que mes visiteurs en profitent. Une pièce que n'importe qui pourrait glisser sous son imperméable. Si pour vous ce n'est pas de la confiance!

Il avait beau jouer l'ironie, Christian Grimault respectait celui qui croyait encore aux sentiments, comme lui-même y avait cru jadis. Mais depuis qu'il avait fondé un empire, pactisé avec des fourbes et trahi des naïfs, après avoir entraîné son équipage vers des rives inconnues, après avoir débarqué des mutins, sauvé des naufragés, conduit tout le monde à bon port, après avoir aimé, puis brûlé ce qu'il avait aimé, puis oublié ce qu'il avait brûlé, après avoir tout perdu puis tout reconquis, après avoir enduré mille menaces, il aurait tant aimé croire, à cinquante ans, que les raisons du cœur passaient avant toutes les autres.

— Mes invités m'ont fait sans le savoir un sacré cadeau en ne venant pas. Par défaut, ils m'ont apporté la preuve formelle que j'étais un beau salaud. Si un seul d'entre eux s'était montré, j'aurais eu un doute, mais leur belle unanimité est une déclaration solennelle.

Si Frédéric Perez gardait foi en l'espèce humaine, l'aboyeur en lui bénéficiait d'un poste d'observation unique sur les insoupçonnables travers de ses contemporains. Après avoir annoncé les invités, que faire sinon épier leurs faits et gestes, deviner leurs enjeux, interpréter leurs déplacements, anticiper leurs embuscades, décrypter leurs stratégies, repérer les fausses embrassades, les retrouvailles contraintes ? Les mondains en quête de demi-mondaines, les affairistes toujours affairés, les poseurs qui moquent les endimanchés, les courtisans qui rêvent d'être courtisés, les artistes rayonnants mais vite éméchés, les riches ambitieux méprisant les ambitieux pauvres, les arrogants subitement obséquieux, les déplacés qui essaient de paraître. Quels que fussent l'occasion, l'heure et l'endroit, on retrouvait trois éternels prototypes : ceux qui ne font que passer mais qui restent, ceux qui attendent le bon moment pour serrer la bonne main, et ceux qui daignent s'entretenir avec une vague connaissance tout en guettant une compagnie plus en vue. À l'heure des cocktails se jouaient des intrigues souterraines, dérisoires, mais où toujours se révélait la nature profonde de chacun. Il en avait tant vu, tant vécu, lui, Frédéric Perez, scrutateur involontaire des mœurs des privilégiés. Un soir, un célèbre présentateur de télévision, trop infatué pour décliner son identité, lui avait lancé : *Mais... vous ne regardez jamais la télé ?!* Lors d'une cérémonie d'ouverture, il avait accueilli avec emphase un vieil écrivain dont les romans avaient enchanté son adolescence : l'illustre auteur avait saisi à pleine main la médaille qui pendait à son gilet pour la comparer, subtile métaphore, à la récompense d'un concours canin. Frédéric Perez n'oublierait jamais ce fervent responsable syndical qui toute la soirée durant avait hélé le petit personnel à coups de *hep hep !* Comme il se souviendrait longtemps de ce patron de clinique qui avait fait semblant de ne pas entendre qu'on réclamait un médecin pour une dame prise de malaise. Ni le rang social ni l'éducation ne laissaient supposer la manière dont un individu allait se comporter en représentation, une coupe de champagne à la main. Qui sait comment réagiraient un Stéphane, un Éric ou un Christophe s'il avait un jour à aboyer leurs noms ?

— Même ma directrice des ressources humaines n'est pas venue, c'est dire ! Je n'avais pas invité de collaborateurs excepté Joëlle, ma chasseuse de têtes. Elle embauche, débauche quand il le faut, se coltine les syndicats. Cette fille a un sens aigu des rapports humains, c'est la loyauté en personne. Et pourtant, ce soir je me demande quel signal elle a voulu m'envoyer en ne venant pas.

L'aboyeur ressentit le besoin de faire un geste vers son hôte qui peinait à masquer sa déception derrière un apparent détachement.

— Monsieur, je vais trahir la déontologie des aboyeurs. Cette Joëlle dont j'ai vu le nom sur la liste, c'est Mme Cochet-Groult ?

— C'est bien elle.

— J'ai pu constater par moi-même son talent de chasseuse de têtes. Lors d'une remise de Légion d'honneur, je l'ai vue planter là son cavalier pour se rapprocher d'un type seul, bien mis, P-DG d'une maison de disques. *Un sens des rapports humains*, dites-vous? Il faut au moins ça pour emballer un inconnu sous les yeux du pauvre bougre qui la traitait comme une princesse. Elle *débauche quand il le faut*? Elle et le disquaire sont partis bras dessus bras dessous avant même la remise de décoration. Alors, si *la loyauté en personne* n'est pas venue ce soir, n'ayez pas trop de regret.

— ...?

— Quant à M. et Mme Bronkaerts que vous évoquiez en début de soirée, ces associés qui venaient vérifier l'état de vos finances, je les ai annoncés, il y a à peine deux mois, durant la soirée très privée donnée par un certain M. Jungerman, à Genève.

— ... Ernst Jungerman? Mais c'est mon principal concurrent! Mon rival de toujours!

— Ils se sont tombés dans les bras comme de vieux copains. Et manifestement, M. Bronkaerts semblait rassuré sur l'état des finances de M. Jungerman.

— ... Je vais avoir besoin d'une autre vodka, monsieur l'huissier de cérémonie!

— Moi aussi. Je viens de commettre un crime, je ne vaux pas mieux qu'un homme d'Église qui trahit le secret de la confession. Il faut que j'oublie! Vodka!

Dans la salle carrée, on repliait les tréteaux, on

vidait les vases, on secouait les nappes. Au bar, Christian eut à peine le temps de saisir une bouteille qu'un serveur rangeait dans une caisse.

— Monsieur Perez, je devrais vous embaucher à l'année. Jadis des goûteurs testaient les plats avant leur maître afin de le préserver des tentatives d'empoisonnement. De la même manière, je pourrais vous présenter des individus avant de me décider à les inclure dans mon entourage. Vous me mettriez en garde contre les empoisonneurs.

— Ce métier-là existait aussi dans l'Antiquité, on appelait ça un nomenclateur. Un esclave romain était chargé par son maître de lui nommer les notables qu'il était bon de saluer, ou d'éviter, afin de servir sa carrière. Monsieur Grimault, je retiens votre proposition. Quand j'en aurai assez de ces déplacements à travers la France, quand je me serai lassé de retenir tous ces noms, tous ces visages, quand j'en aurai marre de dire : « profession aboyeur », ce jour-là j'entrerai peut-être à votre service. Je vous préserverai de vos amis, je démasquerai vos ennemis, que vous soyez l'hôte qui reçoit, ou l'hôte reçu.

Un serveur balayait autour d'eux, un autre enlevait une à une les tables. Le verre à la main, ni l'un ni l'autre n'y prêta attention.

— Je n'ai jamais compris pourquoi, reprit Christian, la langue française qu'on dit si précise ne possède qu'un seul mot pour désigner à la fois l'inviteur et l'invité. Il y a sûrement une explication sémantique, venue du fond des âges pour nous donner une bonne leçon de philologie, mais je ne la connais pas.

— Moi non plus. Mais que l'on soit l'inviteur ou l'invité, on en revient toujours à ce que disait Jean-Paul Sartre : l'enfer c'est les hôtes.

Christian Grimault sourit avec la bienveillance de l'adulte pour les mots d'enfant. Ce qu'il venait d'entendre n'en restait pas moins une bourde. Fallait-il éviter de vexer son aboyeur, dont on imaginait aisément le niveau de culture générale, et le laisser dans l'erreur ? Certes il avait une mémoire d'ordinateur quand il s'agissait de stocker des noms propres, mais que lui restait-il de ses années de lycée ? Y était-il seulement allé ? Au risque de paraître condescendant, Christian préférait l'instruire, comme il reprenait ses partenaires japonais ou américains sur leurs fautes de français pour leur éviter de se rendre ridicules en public.

— Vous faites sans doute une légère confusion. Dans sa pièce *Huis clos*, Jean-Paul Sartre fait dire à un de ses personnages : L'enfer, c'est les *autres*.

— Je sais, je l'ai lue. Mais c'est tout le temps comme ça quand j'essaie de faire de l'humour.

Christian Grimault éclata de rire et remplit de nouveau les verres en guise d'excuses.

— Si mes invités étaient venus ce soir, je n'aurais jamais fait votre connaissance. C'est à se demander si vous et moi avions une chance de nous

rencontrer autrement qu'en aboyeur et en hôte dé-
laissé.

— Impossible !

— Vous voulez dire que, sans un hasard extravagant, un coup de théâtre inouï ou des circonstances abracadabrantes, un gars comme vous et un
gars comme moi n'auraient jamais pu être amis ?

— Sans doute pas.

— Et si la vie avait plus d'imagination que
nous ?

— ... ?

— Nous avons à peu près le même âge, nous
sommes nés à Paris, il est impossible que nous ne
nous soyons pas déjà croisés.

— J'ai passé mon enfance dans les rues du
XVIIIe, où je vis toujours. Rares sont les occasions
de venir me promener sur votre rive, sauf l'été,
avec ma petite famille. Nous allons bronzer au jardin du Luxembourg.

— J'y allais avec mon frère étant gosse, mais
plus depuis quarante ans. Quand je veux prendre le
soleil, je plante un transat dans ma cour d'honneur
et le tour est joué.

— Auriez-vous une quelconque raison de venir
dans mon coin, vers Clignancourt ?

— Aucune. J'aurais même du mal à vous citer
ne serait-ce qu'une adresse de restaurant.

— Sauf votre respect, vous devez fréquenter des
restaurants hors de mes moyens.

— Détrompez-vous, j'aime les gargotes. Ah le pot-au-feu de la mère Girard, rue des Bernardins !

— Je vais au restaurant uniquement pour goûter à des cuisines que je ne peux préparer moi-même, comme le thiéboudienne sénégalais ou les estouffades cantonaises.

— La cuisine chinoise, je la déguste en Chine, l'indienne à Madras, etc.

— Nous aurions eu du mal à nous retrouver voisins de table...

— Mais... le sport ? Vous êtes le genre de type à faire du sport, Frédéric.

— Avec mes trois complices, nous jouons au tennis une fois par semaine depuis quinze ans sur le toit d'un immeuble de la rue du Faubourg-Saint-Denis.

— Moi je nage pendant la nocturne de la piscine Blomet, métro Volontaires, le jeudi.

— Encore raté...

— Cherchons bien, nom de nom !

— Il m'arrive parfois d'aller au musée avec mes enfants. Je tiens à leur mettre de belles choses sous les yeux, si possible hors d'un écran. Orsay, Beaubourg et, bien sûr, le Louvre.

— J'adore les trois mais... ils sont trop proches de chez moi. Dès que j'arrive à New York, je me précipite au MoMA, dès que je vais en Italie, je fais le détour par Florence pour revoir une énième fois les Offices, mais à Paris, toute cette beauté à ma porte, c'est plus fort que moi, impossible...

— Là c'est vous qui ne faites pas beaucoup d'efforts, Christian.

— Un événement? Un rassemblement quelconque?

— Je n'ai jamais eu beaucoup de conscience politique, même jeune.

— Moi non plus.

— Je n'ai même jamais pris part à une manifestation. Ou alors si, une seule, vers la porte de Montreuil, pour une fermeture d'usine qui fabriquait je ne sais plus trop quoi.

— Quelle époque?

— Toute fin des années 70.

— ...? Porte de Montreuil? Mais... c'était une usine qui fabriquait des coques en résine pour des roulottes de chantier?

— ...? Il me semble bien que c'est ça.

— Frédéric, nous avons trouvé! Juin 1978! Pour moi aussi, c'est la seule manifestation de toute mon existence! Je vous disais bien que la vie avait plus d'imagination que nous!

— On voulait même occuper l'usine pour empêcher la démolition! Si ça se trouve, vous et moi avons fraternisé dans le cortège!

— ... Empêcher la démolition? Si j'ai participé à cette manif c'était au contraire pour accélérer la démolition de cette putain d'usine! Des murs bour-

rés d'amiante! Des machines à résine qui provo-
quaient des vapeurs toxiques!

— ...

— ...

— Lequel de nous a eu gain de cause, au final?

— Aucun souvenir.

— Tant pis. C'est pas faute d'avoir essayé,
monsieur Grimault.

— On a fait ce qu'on a pu, monsieur Perez.

Ils rejoignirent la cour d'honneur où régnait un
inquiétant silence; les musiciens avaient fichu le
camp de cette maison de fous, leur chèque en
poche. Toute la brigade du traiteur passa, les bras
chargés de matériel. La salle carrée avait retrouvé
sa disposition habituelle. Dans la bouteille de
vodka, il restait de quoi servir deux ou trois shots.

— Maintenant que nous sommes seuls, je peux
vous l'avouer, Christian. Vous aviez raison: nous
nous sommes déjà croisés par le passé.

— ...?

— J'ai annoncé votre nom il y a quatre ou cinq
ans, lors d'un dîner caritatif en faveur de la recherche contre le cancer, au Pavillon Bagatelle.

— C'est possible. Le genre de truc à 3 000 euros
le couvert. Je me laisse facilement embringuer, ça
doit me donner bonne conscience.

— Vous étiez accompagné d'une demoiselle qui
s'appelait... Capucine Kruger?

Christian eut beau chercher, ni la soirée ni le
nom ne lui évoquaient rien.

— Il est impossible de ne pas se souvenir de cette créature ! Elle avait les cheveux très noirs et lisses avec quelques mèches folles qui lui tombaient dans les yeux, des yeux de chat persan, vert émeraude. Elle portait une robe fourreau grise, assez courte et sans manches, des bas de couleur chair et des escarpins noirs.

— Désolé, ça ne me dit rien.

— Mais si, faites un effort ! Toujours souriante, elle vous glissait des mots à l'oreille, vous sembliez tellement complices... Vous la présentiez à vos connaissances comme s'il s'était agi d'une princesse, et peut-être en était-elle une. Tous ses gestes étaient gracieux, effleurés. Je n'ai pas pu entendre le son de sa voix, je n'ai pu que l'imaginer, au loin, coincé derrière mes portes vitrées.

— Aucun souvenir.

— J'aime par-dessus tout mon petit bout de femme... Mais ce soir-là... Je me suis dit que l'homme qui avait une telle splendeur à son bras avait bien de la chance.

Cette Capucine avait dû se chercher une place dans la mémoire de Christian Grimault, mais, se sentant indésirable, l'avait quittée pour de bon. Dans celle de l'aboyeur, elle semblait bien à l'abri, et pour l'éternité.

— Frédéric, cette soirée doit se terminer en beauté et non dans la mélancolie dans laquelle vous m'entraînez.

L'aboyeur le suivit dans les méandres de l'hôtel

de Beynel, jusqu'au deuxième étage, dans le salon acajou, doté d'un balcon qui longeait toute la façade arrière du bâtiment. En contrebas, on devinait un jardin d'hiver laissé à l'abandon, dont le toit avait été ouvert pour l'occasion. Entre palmiers et plantes exotiques jaunies, on devinait la silhouette de deux hommes accroupis qui patientaient devant de petites structures en bois et une infinité de tubes en carton reliés par des mèches rouges.

— J'avais prévu de porter l'estocade ici avec mes cinquante fidèles. Un *grand finale* pétaradant. Nous ne serons que deux à en profiter. Ça n'en sera que meilleur.

Et il fit signe aux artificiers qui se tenaient prêts pour la mise à feu.

Aux premiers crépitements se forma dans les airs une boule de feu qui resta un moment en suspension, grouillante, rougeoyante, un big bang, un magma céleste. Suivit une éruption de faisceaux bleus, de chandelles rouges, de serpentins jaunes, d'éclairs violets, puis un bouquet de figures argentées, puis un geyser aux nuances fauves, puis un bouquet aux éclats d'or. Puis un lâché d'ogives se croisant en vol, se contrariant, pour toutes s'estomper en même temps. Au milieu de cette constellation, seule une flèche blanche traçait son chemin, incandescente, vaillante, déterminée à rejoindre le zénith, où elle se démultiplia, créant une arabesque qui retomba en larmes lumineuses.

L'aboyeur comprit alors que le spectacle obéissait à un scénario dont Christian Grimault avait été, là aussi, le grand ordonnateur. Ce foisonnement de formes et de couleurs semblait raconter son histoire bien plus fidèlement que sa complainte de l'homme maudit, ses souvenirs amers, ses anathèmes lancés au monde entier. Dans ce panégyrique qui scintillait sous leurs yeux, il était certes question d'arrogance, de rayonnement, mais aussi de solitude et d'épuisement.

Pour conclure sur une note optimiste, Christian Grimault offrit au peuple de Paris un arc-en-ciel nocturne, un pont entre ses deux rives. Comme les enfants émerveillés qu'ils étaient redevenus, l'hôte et son aboyeur souriaient aux étoiles.

— J'espère que les noctambules et les insomniaques en profitent aussi.

Au tout dernier feu qui s'élançait vers la Voie lactée, les deux hommes quittèrent le balcon pour retourner dans la cour d'honneur. Il était 2 h 40.

— Avant de partir, j'aimerais à mon tour vous faire un cadeau. Sûrement le seul de votre fête d'anniversaire. Aucun supplément : c'est la maison qui offre.

— ...?

— En attendant des invités qui m'ont laissé beaucoup de temps libre, je suis allé me dégourdir les jambes du côté de votre bibliothèque, de votre salle de projection et de votre salon de musique. J'ai jeté un œil à vos milliers de films, de disques et de livres : la médiathèque à côté de chez moi en compte moitié moins.

— Sur ce plan-là aussi je vais devoir faire un don...

— Maintenant que j'en sais un peu plus sur vos goûts, je suis en mesure de vous annoncer le plus beau parterre d'invités que la terre ait connu.

— ...?

— Ils seront cinquante, comme vous l'aviez prévu. Dans tous les domaines, tous les arts. Cette liste-là vous appartient pleinement et ne saurait correspondre à aucun autre. Ces invités sont les vôtres et ce qui vous lie à eux ne regarde personne. Après tout, c'est votre anniversaire, non ?

— ...

— Installez-vous dans un fauteuil pendant que je remets mon habit d'officiant. Et préparez-vous à les accueillir.

Frédéric Perez passa sa queue-de-pie, épingla son médaillon, enfila ses gants, ajusta son nœud papillon blanc, saisit sa canne. Ayant retrouvé sa légitimité, sa prestance de cour royale, il annonça les premiers arrivants.

— M. et Mme Herman Melville... M. Kurt Weill et Mme Lotte Lenya... M. et Mme Luis Buñuel...

Christian Grimault ferma les yeux, sensible à la force de conviction qui s'exprimait dans la voix de l'aboyeur. Soudain ces hommes et ces femmes étaient présents, ici et maintenant, tout surpris de pénétrer dans l'hôtel de Beynel. Christian discernait leur visage, leur costume, leurs aimables manières. À leur façon de prendre possession de l'espace, il devinait leur joie d'être chez lui, enfin.

— ... M. et Mme Amadeus Mozart...

On l'avait célébré depuis le début de la soirée. Le faire figurer sur la liste des invités semblait la moindre des choses.

— ... M. William Shakespeare...

William était venu ! Sa présence ce soir allait clouer le bec de tous les historiens qui prétendaient qu'il n'avait jamais existé.

— ... M. Dashiell Hammett et Mme Lillian Hellman...

Christian Grimault, si fier d'être lui-même, aurait tout bazardé pour vivre une seule heure la vie de Dashiell Hammett, détective privé, écrivain, rebelle, aventurier, belle gueule. Avec Lillian, il avait enfin rencontré une adversaire à sa mesure.

— M. Alan Turing... M. Évariste Galois... M. Karl Popper...

Christian voyait les chercheurs, les scientifiques, comme de grandes figures romantiques. Il était fasciné par l'acharnement et la solitude de ceux qui avaient eu raison un siècle trop tôt. Ce soir, débarrassé de toute modestie, ébloui par la compagnie de brillants esprits, il n'avait aucun scrupule à se ranger parmi eux.

— ... M. et Mme Thelonious Monk...

Combien de nuits de travail avec pour seule présence les merveilleuses dissonances du piano de

Thelonious Monk? Ce soir, il était venu avec sa femme, pour qui il avait composé *Crepuscule with Nellie*.

— M. Giacomo Casanova... M. Porfirio Rubirosa...

L'aboyeur fit résonner dans la salle des patronymes aussi flamboyants. Christian avait toujours admiré les grands séducteurs. Casanova, aussi heureux au jeu qu'en amour, avait trouvé le temps, malgré ses centaines d'amantes, d'inventer la loterie nationale. Et l'élégant Rubirosa avait été désigné par ses maîtresses comme *la plus belle chose qu'une femme puisse s'offrir*.

— M. Clyde Barrow et Mme Bonnie Parker.

Former un gang de légende avec sa compagne. Christian Grimault n'en aurait pas demandé plus à l'amour. Lui qui avait toujours traversé dans les clous.

— M. Graeme Obree... M. Dick Fosbury... M. Mohamed Ali...

Christian retrouvait chez certains sportifs l'indépendance d'esprit des grands inventeurs. Le génial Graeme Obree avait ridiculisé à la fois la technologie de pointe et les sponsors du cyclisme en bricolant un vélo avec les pièces détachées de sa machine à laver. À peine sa roue avait-elle touché la piste que l'Écossais fou avait explosé le record du monde. Le champion de saut en hauteur Dick Fosbury n'avait eu qu'une seule idée dans sa vie, mais celle-là avait fait tourner le monde à l'envers à l'image de son *fosbury flop*. Refusant de sauter en ventral comme tous les athlètes depuis les olympiades grecques, il avait dit : *Moi, je sauterai sur le dos*. Depuis, Christian Grimault vivait avec une conviction : l'obstination d'un seul pouvait avoir raison du conformisme de tous. En Mohamed Ali il voyait un foudre d'éloquence, aussi agile avec ses poings qu'avec ses mots, assez redoutables pour mettre K-O les préjugés de son époque. Le charisme à la façon des uppercuts.

— ... M. Henry Miller et Mme Anaïs Nin... M. Bryan Ferry et Mme Jerry Hall... M. Diego Rivera et Mme Frida Kahlo...

Son engouement pour les couples mythiques ne révélait-il pas la nostalgie de l'alter ego qu'il n'avait toujours pas rencontré ?

— ... M. Michelangelo Buonarroti...

L'homme le moins mondain de l'Histoire avait fait le déplacement. Lui qui avait refusé d'assister à la fête donnée en son honneur après quatre années de travail suspendu au plafond de la Sixtine. Bâtir sa prochaine cathédrale lui paraissait bien plus exaltant. Repousser ses limites, décupler sa capacité de travail, ne jamais se laisser gagner par le découragement, c'était la leçon de Michel-Ange. Autant apprendre des meilleurs, se disait Christian.

— ... Mme Bettie Page...

Bettie Page ! Playmate, strip-teaseuse, danseuse de burlesque, actrice de saynètes licencieuses. Un fantasme en peau de léopard, en bikini de cuir et en bas à couture, juste assez kitsch pour faire chavirer l'ado qu'il avait été. Imprésentable en société, et pourtant elle était là. Cette fripouille d'aboyeur avait dû fouiner dans les tiroirs à double fond pour y trouver les albums de la créature. À l'âge où Christian ne comptait plus ses compagnes de la nuit, ce fantasme-là était resté intact.

— ... M. et Mme Robert Stevenson...

Mais bon Dieu, pourquoi y avait-il autant d'écrivains à sa soirée ? Lui qui avait si peu lu, lui qui s'était construit sans littérature. Et pourtant il relisait une fois par an *L'étrange cas du docteur Jekyll et de mister Hyde,* comme si le texte lui cachait encore quelque chose. Une anecdote disait que Fanny Stevenson, ayant vu dans la première version du manuscrit un tissu d'inepties, l'aurait jetée au feu. Robert aurait alors réécrit son chef-d'œuvre en cinq jours. C'était l'occasion ou jamais de connaître le fin mot de l'histoire.

— ... M. et Mme Winston Churchill...

L'homme à l'hygiène de vie exemplaire. Après avoir traversé deux guerres, dirigé un pays, méprisé le sport, fumé le cigare, il avait dit à quatre-vingt-dix ans : *L'alcool m'a apporté bien plus de choses qu'il ne m'en a ôtées.* Qu'on le conduise dans le fumoir, qu'on l'y laisse seul avec la cave de puros !

— ... M. Gustave Courbet et Mme Joanna Hiffernan...

Le peintre et son modèle. À eux deux ils avaient retrouvé l'origine du monde.

— ... M. et Mme Scott et Zelda Fitzgerald...

Désœuvrés, noceurs impénitents, fragiles, superficiels, tout ce que Christian Grimault redoutait le plus au monde. Mais Scott avait écrit la terrible histoire de *Gatsby le Magnifique*, où un homme donnait des fêtes grandioses dans le seul but de reconquérir un amour d'antan. Sans doute pour la première fois ce soir, Christian mesurait toute la nécessité de cette histoire-là.

Les cinquante invités présents, l'aboyeur se retira à l'office, laissant l'hôte en bonne compagnie. À bien des égards, ces hommes et ces femmes l'avaient plus ému, instruit, marqué que tous ceux et celles qu'il avait croisés dans la vie réelle.

Frédéric réapparut en civil, sa housse à la main. Tous deux étourdis par la soudaine promiscuité de ces hôtes de marque, par les étranges détours de cette soirée, par les verres de vodka, chacun avait hâte de se retrouver seul.

— Christian, s'il vous prend l'envie de fêter en grande pompe vos soixante ans, je vous en supplie : choisissez un autre aboyeur.

— Je ne risque plus d'ouvrir les portes de cet hôtel à ceux qui ne le méritent pas. Mais cet épisode m'aura donné une précieuse leçon. Je sais désormais qu'il y a quelque chose de bien plus précieux qu'une amitié qui dure. C'est une amitié ratée.

Celle d'un soir, fortuite, improbable. Sans histoire, sans passé. Celle qui n'a pas le temps de s'interroger sur son bien-fondé, celle qui n'a aucun compte à rendre. Volatile, déjà dissoute. Frédéric semblait d'accord.

Il s'éloigna dans la pénombre, s'arrêta un moment dans l'entrebâillement de la porte de service sans se décider à disparaître. Christian s'en inquiéta presque, le voyant revenir jusqu'à lui à la hâte.

— ... Une dame dans sa voiture... La portière entrouverte... Elle m'a demandé si la réception était terminée.

— ...?

— Je la fais entrer?

Grimault semblait contrarié par une apparition in extremis qui gâchait la condamnation unanime de ses proches — sa plus grande réussite sur le plan humain. Pour les cinquante ans à venir, il lui aurait suffi d'obéir à sa méfiance naturelle envers ses contemporains, mais voilà qu'une âme tardive surgissait pour racheter la sienne!

Comme s'il avait deviné sa déception, l'aboyeur se permit d'ajouter:

— Je ne connais pas cette personne mais je suis certain qu'elle ne figurait pas sur votre liste. Rassurez-vous, rien ne viendra contredire la légende du roi fui par ses courtisans mêmes. J'en témoignerai un jour.

— Faites-la entrer. Après tout, vous étiez là pour ça.

La visiteuse traversa la cour d'honneur, foula le tapis rouge, puis s'arrêta au milieu des marches

avant d'entrer dans le halo des lumières du péristyle.

Un sourire intact qui s'était moqué des années.
Des traits épargnés. Un regard de défi au temps qui
passe. Une éternelle esquisse qui ne vieillirait plus.

— ... Anna?

— Bon anniversaire, Christian.

En la prenant dans ses bras, il se sentit revivre une
infinité d'étreintes, toutes à la fois. Une nuit tendre,
pleine de serments, dans une bicoque prêtée par des
amis complices de leurs premiers émois. Leurs corps
emmitouflés sous la même couverture durant leur
premier vol de nuit. Une promenade dans le jour
naissant sur la 42ᵉ Rue, à New York. Des enla-
cements indécents dans un bar d'hôtel chic. Des
draps froissés et chauds qu'on ne veut plus quitter.

— J'ai suivi ta carrière de loin. J'avais prévu ce
magnifique parcours qui t'a conduit jusque dans ce
magnifique endroit.

Christian jeta un œil à la dérobée vers l'entrée de
service. L'aboyeur avait disparu pour de bon.

— Pourquoi si tard?

— J'attendais que tes invités soient partis.

— Je voulais dire, pourquoi aujourd'hui?

— J'étais curieuse de vérifier si ma prophétie
s'était révélée.

— ...

— Tu ne me fais pas visiter?

DU MÊME AUTEUR

Aux Éditions Gallimard

LA MALDONNE DES SLEEPINGS, *roman* (Folio Policier n° 3).

TROIS CARRÉS ROUGES SUR FOND NOIR, *roman* (Folio Policier n° 49).

LA COMMEDIA DES RATÉS, *roman* (Folio Policier n° 12, 1 CD en Écoutez Lire).

SAGA, *roman* (Folio n° 3179). Grand Prix des lectrices de *Elle* 1998.

TOUT À L'EGO, *nouvelles* (Folio n° 3469) repris en partie dans *La boîte noire et autres nouvelles* (Folio 2 € n° 3619) et en album, illustré par Jacques Ferrandez dans *La boîte noire*, Futuropolis.

UN CONTRAT. Un western psychanalytique en deux actes et un épilogue, coll. Le Manteau d'Arlequin.

QUELQU'UN D'AUTRE, *roman* (Folio n° 3874). Grand Prix RTL-*Lire*.

QUATRE ROMANS NOIRS : *La maldonne des sleepings – Les morsures de l'aube – Trois carrés rouges sur fond noir – La commedia des ratés* (Folio Policier n° 340).

MALAVITA, *roman* (Folio n° 4283).

MALAVITA ENCORE, *roman* (Folio n° 4965).

SAGA. Pièce en sept tableaux, coll. Le Manteau d'Arlequin.

LE SERRURIER VOLANT, *illustrations de Jacques Tardi* (Folio n° 4748).

HOMO ERECTUS, *roman* (Folio n° 5475).

NOS GLOIRES SECRÈTES, *nouvelles* (Folio n° 5845). Grand Prix SGDL de la nouvelle 2014 et prix de la Nouvelle de l'Académie française 2014.

Aux Éditions Rivages

LES MORSURES DE L'AUBE, *roman* (Rivages/Noir n° 143).

LA MACHINE À BROYER LES PETITES FILLES, *nouvelles* (Rivages/Noir n° 169).

Chez d'autres éditeurs

L'OUTREMANGEUR, *illustrations de Jacques Ferrandez*, Casterman.

DIEU N'A PAS RÉPONSE À TOUT, *illustrations de Nicolas Barral*, prix Albert-Uderzo du meilleur album, Dargaud.

LES AMOURS INSOLENTES : 17 VARIATIONS SUR LE COUPLE, avec Loustal, *illustrations de Jacques de Loustal*, Casterman.

LE GRAND PALAIS, CATALOGUE DÉRAISONNÉ. *Photographies de Raphaël Gaillarde* (Réunion des Musées nationaux).

LUCKY LUKE CONTRE PINKERTON, avec Daniel Pennac, *illustrations d'Achdé*, Lucky Comics.

DES SALOPES ET DES ANGES, *illustrations de Florence Cestac*, Dargaud.

CAVALIER SEUL, avec Daniel Pennac, *illustrations d'Achdé*, Lucky Comics.

LA BOÎTE NOIRE, *illustrations de Jacques Ferrandez*, Futuropolis.

COLLECTION FOLIO

Dernières parutions

Composition PCA/CMB Graphic
Impression Novoprint
à Barcelone, le 19 décembre 2014
Dépôt légal : décembre 2014
1ᵉʳ dépôt légal dans la collection : septembre 2014
ISBN 978-2-07-045965-0./Imprimé en Espagne.